论爱美

〔法〕夏尔·佩潘 著
唐铎 译

CHARLES PÉPIN

QUAND LA BEAUTÉ
NOUS SAUVE

南海出版公司

新经典文化股份有限公司
www.readinglife.com
出　品

目录

让我们先来想象一个女人，她开着一辆小车被堵在了路上。她的背有些痛，似乎比前几天更严重了些，尤其右边偏下的地方抽痛得厉害，即便用了整骨疗法也没有缓解。她再也受不了她的工作，连碰都不想碰一下，她知道现在需要鼓起勇气去改变，但仅仅“知道”并没有用。今晚，也许她会埋怨几乎与她同时到家的丈夫没给她这份勇气，也许他会反过来说是她自己没找到这份勇气，她不知道。她不知道究竟应该是谁来对另一方埋怨些什么。孩子们长大了，已长成了强壮的年轻人，她不可能再将他们抱在怀里，像小时候那样把两个小面团似的孩子在怀里揉来揉去，汲取力量。突然，前面那辆车一个急刹车，害得她差点追尾，她的背又痛了起来，尤其是那右边偏下的地方，突突跳着，变得前所未有的刺痛。就在这一刻，她都要哭了；如果她身上还有足够的气力，她都要哭了。她都要哭了，但她没有。她甚至没注意到自己的手指在无意识地拧着收音机的旋钮，她既没有听到电台里刺激人的节目开场音乐，也没听到超市大促销的广告，她什么也听不见，她觉得自己消失了，整个世界消失了。突然，收音机的某个电台传来了米歇尔·贝吉[①]的歌声，歌声立刻抓住了她。那感觉甚至无法用言语形容，歌声伴着钢琴的旋律流淌过她的全身，将她融化。那一刻，某种东西在她身体里凝聚，接着流向四肢百骸，之后是完全的宁静，“这真美”。自产生审美情感的那一瞬开始，一切都不存在了。这种感受被完全唤起，然后逐渐成形，最

① 米歇尔·贝吉（1947—1992），法国歌手和作曲家。

后呈现在我们面前，这真美。到底是什么美？是那首歌，还是那首歌带给她的感觉？这点我们之后再讲。这种情感不会持续很久，但它却又像是永恒。审美愉悦似乎是某种征兆或承诺，那首歌似乎在暗示她并非一切都陷入了无序，让她心中燃起了熄灭已久的火光：一种期许，一种对自己的期许，一种对生活的期许。这个女人叫露西。是美，将她从放弃的边缘拯救回来。

离她不远处的人行道上站着一个陌生的男人。勾引女人是他的嗜好、他的事业，甚至是一种瘾。他知道接近女人的话语和技巧，懂得何时让她们心安，何时让她们焦躁，火候可谓掌握得恰到好处。在大街上、商店里，在晚餐中、会面时，他不断重复着，练习着，约会对他来说就像毒品，甚至比毒品更刺激。但这会儿街上却发生了件意想不到的事：一个棕发女人从面包店里出来，她穿着套装，快步走向她的汽车，一绺头发划过她的脸颊。这一次，他不想上前，不想搭讪，不想勾引她，他只想这样看着她，欣赏她走路的样子、她柔美的体态……他感到一种陌生的喜悦，一种仅仅因注视而燃起的喜悦，一种无所求的喜悦。这个女人的美展现在他面前，他已别无所求。他并不去细想那女人身体的各个部位，也不打算接近她，他只是感到一种特别的喜悦，那无关占有，只需静静欣赏。这就是美的体验：对美的凝视足以将我们融化。一只狗蹲在人行道上，等着有人能丢点吃的下来，当它看见那个穿套装的女人走过时，它也一动不动、目不转睛地盯着她，它嘴角朝上，一直看着她走远。也许这只狗也是唯美主义者，只不过它忘了自己的身份。我们需要美，需要它让我们回想起自己可以是什么样的人。

到奥赛博物馆一带时车子堵得越发严重，电台节目主持人突然切断正在播放的歌曲，在节目末尾开了个拙劣的玩笑。露西脑子里想着要付女儿舞蹈课的学费，还要付清最后一次整骨治疗的费用。但她不知道就在几小时前，就在她眼前的博物馆里，她的儿子欣赏着古斯塔夫·库尔贝[①]的作品，脑袋里全是老师对这位写实主义画派创始人的溢美之辞，尤其是对那幅写实主义绘画开山之作——《奥南的葬礼》的赞美。尽管它如此出名，但站在那幅画前，他没有任何感觉。大家都在告诉他这幅画美在哪里，却让他失去了自己发掘的空间，丧失了对美的直接体验。往回走的路上，他无意间看到一幅梵高的作品——《夜晚露天咖啡座》，看到咖啡馆明亮的黄、夜幕的深蓝，还有那些仿佛晃动着的人们……他停下来，着迷地看着，虽然从未听说过这幅画，但这种奇异的美令他感到惊奇，让他停下了匆忙离去的脚步。他喜欢这种感觉，喜欢这种属于

① 古斯塔夫·库尔贝（1819—1877），法国画家。

自己的自由：不是老师告诉他什么是美，是他自己发现了美。他也喜欢这种坚定，坚定地相信自己的判断——这幅画很美，虽然通常情况下他并不是如此坚定。这是美的力量：它重新给我们力量，给我们自由，给我们相信自己的能力。美，在倾听我们。

美？是的，任何的美，山川直上云霄的美、悬崖直插大海的美、绘画的美、音乐的美、教堂的美，抑或是女人的美、男人的美，甚至是一个物件的美……我们感兴趣的并非美从何而来，而是美究竟对我们做了什么。我不会去研究美的标准、不同的人对美的定义，也不会去探寻黄金分割比例的奥妙、旷世杰作背后的秘密，或是去追寻隐藏在《圣经》画作中上帝的容貌。比起美因何产生，我更希望写一本书，告诉大家美如何帮助我们生存下去，美如何拯救我们。记得进入青春期之后，我经历过一段叛逆迷茫的日子，那段时间，是音乐的美让我找到自己、发现自己，甚至让我重生。我也记得有一天我去祭拜朋友，站在他的墓旁，抬头看着天空，天空美得让人心惊，那个画面让我突然间充满莫名的力量。在那之后，我开始整理那些美的瞬间，那些人们共同喜爱的东西，那些歌曲、风景或者姿态，其中的美在我们身上留下了印记，而我也发现，在美里面有种东西能让它与死亡抗衡，甚至比死亡更强大。

成为哲学教授后，我并未刻意选择美学主题，但美却慢慢地靠近我，成为我研究的主要内容：为何美会吸引我们，使我们着迷？美是幸福的保证吗？美在宗教、工作、爱情中如何体现？美可以指引我们的人生吗？我们需要培养自身的美以使自己更主动，更敏锐，更有决断力吗？事实上，我在生活中看到无数的例子。每时每刻，美都在帮助我们、唤醒我们、拯救我们，它以乐观的方式抚慰我们，有时也以积极的方式令我们不安；每时每刻，美让我们的生命更加充实，更加开放，更加完满；

每时每刻，美将我们的创伤治愈，它带给我们一句问候、一声抚慰、一片天空，使我们在病痛中得到慰藉，在现实中得到慰藉，也带给我们面对尖刻批评、面对自身缺点的勇气。因为这些，才有了这本书。这些，是我写这本书的动因。

美？更确切地说，应该叫作审美情感。这种特别的愉悦感，既不能简单将其归为感官的，也不能完全归为精神的，它带来的满足不带任何利害，它是无价的，在你感叹“这真美”的时候，它突然降临，抚慰了你，你不得不承认它是特别的。人之所以为人，是因为我们会被寓意深刻的事物吸引，我们会思考诸如上帝、真理、生命的意义之类的问题。然而，美吸引我们的原因却是表面的，没错，就是表面的。梵高的《夜晚露天咖啡座》不过是在白色画布上涂了点橘黄和深蓝，描绘了些简单的形状，但为何这种表面的东西却有强大的力量深深触动我们？同样，在那个穿着套装从面包店出来的棕发女人身上，我们的花花公子到底看到了什么？他并不是发现了他们有相同的价值观，或是心灵的契合，他发现了美，一种表面的美：她走路的某种姿态，身上的某种气质，转身前脸上某种一闪而过的神情……再看看露西喜欢的那首歌，它的美也是表面的：三个钢琴和弦与一个男声唱出的简单词句，到底是什么力量在那一刻深深地感动了她？当然，大海的美更为直接：那看起来只是些颜色与波浪，它的美到底从何而来？我们甚至都没注意到那微微暗淡的光线、略深的水色，但就是这暗淡光线中那缕强烈的光，让海水突然被穿透，呈现出一条绿松石细带般的水纹，我们就这样迷失在对美的凝视中。我们到底怎么了？

比起其他动物，我们人类似乎与形式之美更保持了一种独特的关系。在起作用的可能是我们的某种“秘密”，人类特有的谜团。

当被问及生命的目的时，我们通常会提到幸福（我们的、孩子的或是亲人的）、健康、成功、爱……当我们再深入一些，我们会谈到权力、欲望、永生……但，我们从不会说，我们活着，是为了美。

然而，正如我们前面提到的例子那样，美与我们最初的想象不同，它拥有让我们停下匆忙脚步的力量，而我也建议您从这里开始，去寻找关于美的秘密。为何这些表面的美能深深打动我们？为何我们如此渴望被美深深打动？为何我们如此渴望美？

第一章

隐约看到和谐

我们需要美让我们与自己和平相处。我们回到露西的故事，试着理解为何她在听到那首法语歌最初的几个音符时就感到如此舒服、如此美好。如果您不介意的话，让我们回到故事开始的地方。那天临近中午，在露西给丈夫打电话前，她面临着一个两难的选择：到底要不要对他撒谎？谎言的内容无关紧要，但撒谎本身则不然。一方面，撒谎简单、有效，没有风险，但却令人生厌，而且一旦开始撒谎，即使是为了一件小事，但什么时候才能停止呢？另一方面，讲真话需要更长的时间解释，这意味着她要花时间花精力，还要离开她的开放式办公室去厕所对面的走廊里絮絮叨叨，但从道德上看，她觉得这样更好。她犹豫了一下，还是选择说真话。她对自己说这样很好，这是正确的选择。但这个选择并不是她的。简单地说，这个选择来自她身体里的一部分，来自道德的那部分，她的判断——“这样很好”（即说真话）——意味着她身体中道德的部分战胜了利己或自私的部分，因此这个选择或判断让她经受了一次内在的冲突，在她身上，冲突以内在的一部分战胜另一部分的方式告终。不久后，露西在午餐时犹豫着要不要点份侍者推荐的提拉米苏。一方面，几天前她就已经决定开始减肥；另一方面，提拉米苏看起来又相当诱人。难道人生的意义不就是享受生活吗？长几斤肉又何妨？您看，这又是一个两难的选择，又是一次内心的斗争。这一次不再是道德与自私的冲突，而是理性与感性的冲突，是已做的决定与欲望间的冲突，我们的人生就是由这些冲突交织而成，有些很重要，有些则不然，但这种冲突却从未停止过。露西犹豫着，最终，她向侍者示意："好的，给我一份提拉米苏。"而且还要来杯香槟，这样配提拉米苏就完美了。露西觉得提拉米苏很好吃，而且认为自己做了正确的决定，虽然这个决定并非真的是她的，换句话说，这个决定并非源于她这个整体，而仅仅源于她身体的一部分——感性的部分刚刚战胜了理性的部分。再一次，在做出判断时，内部的冲突以一部分战胜另一部分的方式得到了解决。露西不久后回到了办公室，当她查看报告结果时，她同样又会经历一次内在的冲突：一边是她的猜测，另一边是她的思考，双方都在迫使她接受。"这是真的。"她最终将会对她的同事这样说，这次的判断来自她的思考对猜测的战胜。三次判断——"这样很好"，"这很好吃"，"这是真的"——其实是三次内在的较量。这也是为何我们常常感到背痛的原因：那是较量留下的痕迹。

不过，在前文中我曾强调，我们的生活由冲突交织而成，而且冲突永不停止。但确切地说，在某些罕见、珍贵的时刻，内心的冲突却奇迹般地休战了、停止了。就像那首法语歌的音符响起时，我们会觉得“这真美”，是的，这真美，不是“很好”，不是“好吃”，不是“真的”，也不是“假的”。是美！因为此刻的判断不再是露西身体的一部分战胜另一部分的结果，而是它们在身体内达成和解的结果，这一刻，冲突不再。确切地说，美是冲突的停歇，美是平静的感觉。“这真美”并非感性或理性的判断，露西的理性并未占上风，感性同样没有，她只是在整体上达成了一致。美的判断标准就是没有标准，是美本身给了自己标准。这是美的小小奇迹，在审美愉悦的时刻，露西与自己达成了和解。

“这样很好”：标准是道德的。

“这很好吃”：标准是感性的。

“这是真的”：标准是理性的。

“这真美”：没有标准。

我们既不需与别人讨论，也不需与自己争辩，这真美，就是如此。我们感到那充盈的情感，感到它显现在自己面前，同时也显现在世人面前：它就在那里，总之，是一种完整的存在。

以上的分析是我受到伊曼努尔·康德《判断力批判》一书的启发而来的，比起他的哲学思想，人们更多是因他那过分精确的作息而了解了这位以严肃著称的思想家。据说，他每天早上四点五十五分准时起床，一生中永远在同一时间喝茶，从出生到死亡一直都在柯尼斯堡生活，几乎从未离开过那里。他出门散步的时间永远分毫不差，以至于柯尼斯堡的主妇们都按照这位哲学家经过家门口的时间来煮饭，因为比时钟还准。因为讨厌流汗，他还在家安装了一个极为先进的温度调节仪，以使昼夜温差保持在半摄氏度以内，并且一年四季温度不变。他一生中唯一一次作息时间的更改是在一七八九年那个特殊的早晨，为了得知法国的政治局势，他提前出发去取了信件和报纸。难道我是选了一位强迫症患者来叙述美的愉悦之谜？选了一个讨厌率性而为的人来探究美感的突然涌现？没错，的确如此，您的惊讶与康德之所以成为康德同样合理。康德一直是备受尊敬的哲学大师，尤以他的“能力冲突”[①]理论著称。（世界各地的拜访者慕名而来，经过数周的旅途，终于按响他家的门铃，他会打开门，十分有礼地向他们问好，然后关上门继续做自己的研究，而拜访者们会为终于见到这位“哲学界的哥白尼”而高兴不已，之后就再次踏上了旅途。）他指出，人的伟大与人自我本身，或是与人的各种能力间的冲突密不可分。比如康德在《实践理性批判》中举了道德的例子，他认为，行善之所以高尚是因为行善的意图并非是天生的，需要同自私斗争。如果我们生来就被设计为要行善，那这么

① conflit des facultés，一般指“学科之争”，在此据文意译作“能力冲突”。

做就没有任何意义；正因为行善是如此困难，所以我们才注定要迎难而上，成为道德的人。同样，康德在《纯粹理性批判》中提到了科学认知方面，我们在其中依旧找到了“能力冲突”理论，只不过这次是以另一种方式出现：他发现科学认知的严谨要求人的思考力（“知性”）要凌驾于其他能力（在此指感性和想象力）之上。因此，作为一个道德的人，要成为杰出的学者，康德必须将自己从内在切分开来：运用他处于立法地位的知性来分析由他的感性直观所给予的对象，即在“整理”之后进行“加工”。

但在那个夜晚，这位因“能力冲突”理论而备受推崇的哲学家将会有一个重大的发现，这个发现将会为他带来无上的荣誉，会促使他鼓起勇气着手修改他的理论，这种勇气在与他齐名的哲学家中是相当少有的。多数情况下，当一个哲学体系的伟大建造者在晚年遇到某些困扰时，他会选择置之不理，或者凑合着将其并入自己的体系中，但伊曼努尔·康德不会如此。那天，他坐在书桌前，面向花园的窗户敞开着，书桌上方挂着让-雅克·卢梭的肖像画，这是这栋房子里唯一的装饰。在工作的间隙，思想家望向窗外，对着花园里相互交缠的树枝出神。通常，园里的植物总是被修剪得非常整齐，但由于这段时间园丁身体不适，请了几天假，于是，自然在长期被人工维护后恢复了它的权力。那一刻，一种特别的感觉突然占据了他，这位提出“能力冲突”理论的哲学家突然发现冲突停止了：就在那一刻，他体会到“美的感觉”。但是，在他卷帙浩繁的著作中却没有任何一行能解释他刚刚的感受，他承认这一点，这是他的勇气，也是难能可贵的诚实。尽管人到晚年，他依然决定重新提笔，在新的领域写下了《判断力批判》一书。在书中我们将发现这个划时代的关于“审美愉悦”的定义：“它是一种人的各种能力间自由、和谐的游戏。”

我们可以讲得稍微详细一些。像“人的各种能力间自由、和谐的游戏”这样的审美情感，是的，我们看到游戏、自由、和谐，但通常我们的各种能力并不“游戏”，它们“工作”。当我们思考时，我们的知性会进行分析，比如分析直观给予的两个对象间的因果关系。如果我们面对大海，我们就会对观察到的景象进行分析，之后得出结论，认为光照的增强是这片海域突然显现蔚蓝色的原因。我们的知性实际上能够很好地加工直观给予的对象，比如光照和蔚蓝色海域，它能将之联结在一起。但是，知性与知觉之间没有任何“游戏”可言,知性下达命令，它并不游戏。伊曼努尔·康德论点的创新之处在于，在审美愉悦中，人的知性与知觉“游戏”着，在美面前达成了一致。审美愉悦的奇特之处在于，人的各种能力在游戏的过程中摆脱了为工作而生的性质，形成了一种非同寻常的关系，我们也因此发现了另一种不寻常的关系，即美的关系。海面上耀眼的光亮不再是蔚蓝色海水的成因，蔚蓝色海水也不再是光照的结果，我们只是沉浸在这耀眼的美中，除了这审美愉悦外已别无他求。

我们当然明白这种游戏所引起的“细微情感”是什么，尽管这可能并非康德想表达的意思。我们身上有“游戏”的因子，它根植于我们体内，那里仿佛是一处自我调节的空间，情感在那里可以尽情绽放。康德还表示，“游戏”是自由的，能力间不存在命令与服从的关系，我们可以自由地认定自己发现的美，认为它是美的，而不需受其他人的干涉，但更重要的是（这也是康德的重要贡献）——不需受自己的干扰，因为这是内心的自由，是内在各能力间的自由，任何一种能力都不再凌驾于其他能力之上。因此，我们明白为何康德强调这种游戏是“和谐的”，因为审美愉悦被定义为人类内在的和谐。虽然康德常被指责是论述美却并不真正对美感兴趣，也没有列举任何已有的艺术作品或美学成就，但与其说康德是在探索美，倒不如说是在探索人类主观性的一个方面。这是事实，也正是我们感兴趣的地方：并不是人如何创造了美，而是美创造了我们。

康德美学的另一大贡献是判断的概念。从你被美打动的那一刻起，你就有了判断，但美的判断与你之前的任何判断都不同，不论是“很好”、“好吃”还是“真的”，康德在《判断力批判》中都将其称为“规定性判断”。所谓规定性，即在判断过程中，哪种能力是主导，我们身体的哪部分就在“规定”。在道德判断中，做规定的是理性。在判断提拉米苏“好吃”时，做规定的是感性。而对美的判断却是“反思性”的，当我们说出“这真美”时，没有任何能力在做“规定”，所有能力在这奇特的内在和谐中相互协调，达成了一致。波德莱尔写道：“美总是很奇怪。”我们现在似乎能隐约理解为何如此了。

但是，这里还存在另一种差别，在“规定性判断”中，我们都是从一般走向特殊，总是将具体事例置于已有的总体框架或标准下进行考察。因此，当我们说出“这样很好”时，我们已经有了善恶之分，并将之应用在判断当时的具体情境上。当我们说出“这属违法”时，我们已有了法律框架，正如当我们判断“这是错的”时，我们也在依据已有的逻辑规律。

但当我们面对美时，情况却不尽相同，甚至是恰恰相反。在“反思性判断”中，我们是从特殊开始——从那海上独有的风景，从那绝不会出现第二次的阳光，从梵高的《夜晚露天咖啡座》或贾科梅蒂[①]的雕塑开始，这里没有评判标准，我们只是说出了一个普遍的真理:“这真美”。不是“我很喜欢”，而是“这真美”，不是从一般走向特殊，而是从特

① 贾科梅蒂（1901—1966），瑞士雕塑家和画家。

殊走向一般，甚至是走向普遍，这是多么令人难以置信的自由！多么勇敢！我们却从未相信过这一点！大多数时候，即使设置了条条框框，我们却依然在不断怀疑，但在这儿，我们不再有任何标准，我们停止了怀疑，这正是康德提到的自由——判断的自由。这也是美的愉悦，就像露西的儿子在奥赛博物馆那样，相信了自己，倾听了自己。当然，他喜欢梵高的《夜晚露天咖啡座》，喜欢其中的色彩与形状，喜欢那热烈的橙与深夜的蓝，但同时他也喜欢自己的情感成为判断的唯一标准。康德看似矛盾地写道：鉴赏判断是“主观的，但也是普遍的”。主观，是因为它没有任何客观的标准，而是单纯地建立在人的主观和谐之上。普遍，是因为美如果能打动一个人，那毫无疑问也能打动其他人，而且这并非刻意。我们需要美，需要美让我们发生改变，需要借机重新找回倾听自我的天赋，找回对自我的信赖，找回这个新的自我，一个开放、求知、乐于分享、心怀他人的自我，这才是我们比以往任何时候都更加需要的东西。

马克斯·韦伯[①]将传统称为“永恒的昨日权威”，这可以首先成为我们判断的标准。判断时，我们可以参照宗教、道德、政治、家庭等标准，但问题是这个被认为属于“规定性判断”的世界却已不复存在。昨天，美感被当作在这充斥规则的世界中的一次喘息，是在“规定性判断”间的一次喘息，它让我们终于有时间在山间漫步，有时间去博物馆参观，有时间让自己做“反思性判断”。我们如今生活在一个高速发展的时代，世界变化得如此之快，以至于所有的标准都在以更快的速度被淘汰。我们曾经认为操纵人的生命是不道德的，但却发明了试管婴儿技术；我们曾经认为任何情况下“人”都必须与“非人”划清界限，但却为了生育选择冷

① 马克斯·韦伯（1864—1920），德国社会学家、政治经济学家和哲学家。

冻胚胎；我们曾经认为人的价值在于其独一无二，但医学的发展却提供了克隆繁殖的可能。因为爱美之人是懂得如何脱离规则进行判断的人，是在这嘈杂的荒诞世界中依然能够倾听自我的人，所以在这个怀疑的时代，珍惜爱美之人，创造遇见美、遇见审美愉悦的机会，就比以往任何时代都要重要。

昨天，“反思性判断”是种奢侈，今天，若它成为人生的必需品会怎样？我们究竟又会把它称为什么呢？我们会说那是直觉。能“反思性判断”，就是能靠直觉判断。这是美对我们的改变，是它将我们从自我倾听的无能中解救出来，教会我们如何培养直觉，或者说，它仅仅是让我们发现，我们拥有直觉。“规定性判断”不需要任何直觉，我们只需从规则中找出适用的那条即可判断。而在没有客观标准的“反思性判断”中，当我们说出“这真美”时，这无疑是一种创造。不仅是梵高在创造，露西的儿子也在创造，在作品打动他的那一刻，他在判断的同时创造了判断的标准。不知怎的,每一次审美情感都在提醒我们:我们可以是创造者。这就是为何我们会对艺术家心怀感激，因为他们带给我们相信内心情感的信念，让我们终于能够相信自己。任何审美体验中都有这样的信条在闪烁：我的感觉无法欺骗我，是美帮我除去了怀疑的面纱。我们不知道美为何会如此，也不知道美是如何做到的，但在美对我们的影响中却有一个真理，在我们判断的确定性中存在一个真理。

康德曾经提出过一个好问题:“我们什么时候才算是在真正地判断？”是我们在具体问题中运用已有规则时？还是当我们从具体问题出发，虽然未知，却试图创造明天的规则时？这个急速变化的世界将越来越需要自由以及“反思性判断”的勇气。立法者们也知道，法律总是滞后于社会变革的步伐，因此不可能运用昨日的法则判断今日的问题。所以我们必须创造，必须做出决定，决定先“设置特例”——即决定开始从特殊走向一般，决定运用

“反思性判断”。

或者说，鉴赏判断——比如“这真美”，就是“反思性判断”最纯粹的形式。所以训练自己吧，训练对自己保有信心。去听歌吧，不论是法语歌、英文歌，还是意大利歌剧、美国朋克摇滚，还是埃里克·萨蒂[①]或巴赫的组曲；仰起头去山间漫步吧，或是在城市里穿行，去看看漂亮的建筑或历史遗迹吧；去博物馆逛逛吧，可别去听导游的讲解；去创造遇见美的机会吧，选择那些你最中意的，让不同形式的美在你面前绽放光华，让美在你身上创造那“各种能力间自由、和谐的游戏”，从而重新找回判断的力量。传统已不能引领我们，专家也不断出错，技术的进步不断修改着标准，不久的将来，我们能依赖的将只有自己的直觉。所以，培养自己的直觉吧。

---

① 埃里克·萨蒂（1866—1925），法国作曲家。

当我们的理性似乎得到启发时，正是在培养挖掘瞬间之美的能力，但由谁培养？如何培养？是通过上帝、运气，还是经验？像我们这样常常论证、推理的人突然间得到了启示，仿佛得到奖赏般，但方法又是什么呢？是直觉，直觉是理性显现的时刻，它比理解更深，它是与真理的沟通。它突然出现，比如当一个朋友离开时，友情的想法就会突然出现在我们脑海里。当直觉地感到朋友要离开时，我们在那一刻也触到了友谊的绝对真理。这就是直觉的真谛：在那一刻突然对某个真理获得了认知的完全与通透。通常，我们的思考轨迹是相反的：我们先定义友谊，然后再推断出这个朋友的行为并不符合这一定义。我们的理性通常总是辛劳地、一步步地、循序渐进地运作着，而我们的身体却瞬间就能体察到周遭的一切变化。但当理性变得能够出于直觉时，它就能突然像身体一样，瞬间获得想法。正如柏格森[①]所说，直觉就相当于理性被身体重温一遍。直觉性理性是停止了推理的理性，终于发出了回响，这好比是为了展现自己最好的一面，理性必须向它的对立方——身体敞开一样。也正是通过身体，在这仿佛被赐予的时刻，直觉照亮了理性，因此理性不再存于身体之中，相反，是身体存于理性之中。这仿佛是从我们的精神深处走出了一位做了许多善事的陌生人一样，我仿佛依然能听到在索邦大学的那个阶梯教室里，那位老教授说的话："直觉存于理性之中，那是一种异域风情般的存在……"

当然，通往直觉的路途是艰难的。柏格森指出，直觉并不像我们认为的那样是自发的，它实际上是对一种双重努力的奖赏。第一种努力，是要挣脱习惯性的思维定式，摆脱所有已形成的观念；第二种

① 亨利·柏格森（1859—1941），法国哲学家。

努力，是要将当下的行为放在一边，不被事物的价值困扰。只有这样，直觉才能显现。柏格森补充道，要凭直觉行事，就是要带着自己所有的记忆与过去全身心地投入，否则，本能就会迫使你从自己无穷无尽的记忆中挑选出有用的回忆，这将会把你自身，或是你大部分的回忆和过去与你隔绝开来，并将阻碍直觉的正常运作。相反，与美的相遇将会使上述两种努力变得前所未有的轻松：在美面前，你既不会因一切已有的观念困扰，也无须为事物的实用价值操心，无论是凝视被白雪覆盖的山峦时，还是为一幅油画、一串音符或一处遗迹沉迷时，它们都带给我们片刻的停歇，让我们暂时逃离日常的生活，能够与自己、与自己的直觉重新建立联系并言归于好。

因此，直觉甚至超越了美，具备了联系世间之美的最大特性。我们以足球运动员为例，他对有效行动并完成目标的执念阻止了他凭直觉行事，他能够表现得很有策略、很有能力，但他不可能拥有直觉。但如果突然在行为的深处，他体会到了纯粹的快乐，在球场上的愉悦，当他除了完美地比赛而别无所求时，他将可能获得直觉，这很罕见，有时甚至是源于某些最傻的目的。拥有与世间之美接触的纯粹一刻，能让他在力量与天赋中重新找到自己。这也是所有人想从中得到的：在审美愉悦中唤醒力量，提醒自己，让我们拥有直觉的能力，让我们在世上真真实实地存在。

美能够帮我们发掘人生的力量，但这需要相应的条件。康德认为,为了使判断真正是“反思性”的，为了使审美满足是纯粹的，我们必须要达到三个条件。实际上，是满足三个“无”才能使纯粹的审美愉悦出现：即在美面前，我们的判断应是“无概念”、“无利害”以及“无目的”的。

“无概念”，即我们无须参照任何美的概念、艺术法则或绘画的发展趋势，因为理性的思考与判断有可能会遮蔽人自身内在的和谐。

“无利害”，即我们无须在欣赏美时带有任何社会或经济的利益考量，我们对美的感觉应是不带利害的。

“无目的”，即在美面前，我们无须提出任何有关终极意义的问题，也无须探究美的创造者的意图，因为这样也会让理性的思考阻碍人自身内在的和谐。

显然，上述三个条件很难同时满足。但当露西欣赏巴赫的钢琴协奏曲和交响曲时，当她沉浸在那审美愉悦中时，她做到了。她最近注意到审美愉悦总是不期然地降临：当她在车上从古典音乐广播台听到在夏沃音乐厅举行的钢琴音乐会，演奏完肖邦的钢琴家在最后一次返场中演奏了巴赫的协奏曲。

虽然她之前从未听过这首乐曲，但效果是一样的：完满的感觉充盈着她的身体，让她像多声部乐章般繁复又和谐。她沉浸其中，甚至忘却了一切，但也正是此刻，在自我的消失中，她感到了自我最完整的存在，正如这个悖论所说，想要最终在世界上安身立命，就必须先从世界中脱离出来……露西对于巴赫协奏曲的判断是“无概念”的吗？当然，因为她在感受美的那一刻没有参考任何美的概念，或是任何关于节奏、曲调是否协调的音乐规则。她的判断是“无利害”的吗？毫无疑问，因为她在表明对这首乐曲的喜爱时，既未发现社交上的好处，也未找到经济上的利益，而且她也从未对其他人提及此事，因此她的判断里不带任何利害。如果她因此买了CD重新来听，那我们可以认为这其中“存在着利害”；如果她在朋友面前提及她对巴赫的喜爱，那我们可以认为其中有“社交的利害”，但事实并非如此，美意外地出现，她只是在偶然间体会到了美。她的判断是“无目的”的吗？没错，因为巴赫协奏曲如此美妙，美妙得甚至不像人类谱写的作品，美妙得仿佛只应天上才有。欣赏它时，我们甚至不会想到它的作者——让-塞巴斯蒂安·巴赫，因此，虽然巴赫在谱曲时肯定有他的希冀与表达，但露西并未去探寻作者的意图，也没有追问巴赫的终极目的，所以她与“目的”就相去甚远了。

相反，我们也清楚地看到，当老师或导游给古斯塔夫·库尔贝的《奥南的葬礼》贴上“写实主义巨作”的标签时，这个参考标准会阻碍露西儿子自己的情感，因为这是一种吸引注意力的方式，而不是引起审美愉悦的方式。我们同样注意到，那么多人为了社交的利害而宣称这样或那样独特的品位，提出某种精英主义或赶时髦的说法，以使自己显得与众不同，但这样做只会让他们永远无法体会纯粹的美的享受，而在康德看来，赶时髦的人也不是真正钟情于美的人。

康德区分了“纯粹美”与“依存美”，他认为后者是一种预先设定的美，是被认为应该去喜欢的样子而非美本身。我们需要的是“纯粹美”而非“依存美”；我们需要的是自由，而非与他人的相似。我们已经足够依附社会的各种规范与准则，表现出对于应该喜爱的事物的喜欢以得到社会的认可，我们表现得好像生来就是如此。而“纯粹美”的那一刻，是摆脱社会认知而认识自我的一刻，是摆脱社会表达而表现自我的一刻。

现在，我们就能更好地理解康德关于“自然美优于艺术美”这一惊人的判断了。比起面对自然美景，当我们面对一幅艺术作品时，更容易提出有关艺术家意图的问题。但康德在书中天才地回答了这个问题：在天才之作面前，我们甚至不会探究其创作意图，不会询问作品表达的意义，我们面对它就如同在面对自然的美景。康德曾写过一段晦涩的话："天才就是天生的禀赋，通过它，自然给艺术提供规则。""自然给艺术提供规则"就是所提供的规则不在场，我们需要做的，只是用心倾听……露西听巴赫协奏曲时并没有深究其中表达的意义，她的儿子在梵高的画前，也没有询问他想要"表达"什么，他面对那仿佛在燃烧的黄色就像在面对天空的湛蓝一样，那是自然，无须多问。美的感觉通过情感将美与爱美之人连接起来，因此不再需要提及艺术家说明的任何"信息"。如果艺术家要传递"信息"，那他本可以发一条短信、一条推特或在报纸上开个专栏。如果他在创作之前就已经明确知道他想表达什么，他就不是真正的艺术家。无论是作家还是艺术家，他们经常接受报刊的采访，为自己的作品辩解，总是说："它表达的意思是……它想要展现的是……"但更多情况却是，在创作过程中，甚至是在作品完成后，它的意思才突然出现。

康德关于“纯粹美”所需的三个条件的论述，让我们能更精确地探究审美愉悦的奇特性质。通过提出“主观性的内在和谐”这一观点，康德实际上说明了审美愉悦既不是感官上的也不是理智上的。它既不是简单的感官愉悦，不同于去做推拿按摩，也不是理智上的满足，不像是完成了困难的项目或是理解了一个论证。然而，这种愉悦又是感官上的，因为它经常通过视觉、听觉或穿过身体的某种战栗而被感觉到。同时，审美愉悦也是理智上的，因为你对这一切都有意识，甚至是满足地在感受。因此十八世纪末的康德认为这是个悖论，审美情感既不真正属于身体范畴,也不完全属于精神范畴。在我们体内，有什么是既不属于身体又不属于精神的呢？康德在一七九〇年的回答是没有。他总结道，审美愉悦产生于身体与精神之间,当身体与精神和谐统一时,这“自由、和谐的游戏”就能进入二者之中。

当您在阅读这段两个世纪前康德写下的话时，

您可能会明白这个天才如何凭借他的天赋使我们靠近了这个有关人性的维度，实际上它既不属于身体也不属于精神，它位于两者之间的“自由游戏”中，而这可能正是美能够填补的地方……

最后，让我们再来理解康德一个令人惊讶的论断，他在《判断力批判》一书中指出：美的判断是“主观的，但也是普遍的”。

为了理解这个问题，您可以问问自己，当您为一处风景、一幅油画或一段旋律倾倒时，为什么您无法忍受身边的人对此毫无感觉？这种冷漠会使您不快，品味的差异甚至会使您感到厌恶。为何会如此？这难道不令人惊讶吗？您的包容心去了哪里？我想，也许我们应该尊重一切差异……您是一个不为人了解的独裁者吗？您是否仅仅在有关美的问题上独断专行？康德会告诉您：完全不是这样。当您感受到“这真美”，如果您因此要求其他人甚至所有人都同意您，那是因为在那一刻，在审美愉悦中，不单是您所处的文化受到了召唤，同时也是您全部的身心，您那达成和解的天性被唤醒了。因此，您的情感并不依附于您的知识，也没有任何标签，它毫无疑问应该被分享，这就是为何您的朋友对美的无动于衷会令您无法忍受，更何况他们还是您身边亲近的人。相对论的观点突然让您开始怀疑……您已拜倒在布朗库西[1]的青铜像前，拜倒在夏加尔[2]的《马厩》前，拜倒在伦勃朗[3]的自画像前,您已为山峦的美景所折服,这里不再有“我视情况而定”，也没有“人各有所好”，如果它美，那么它对所有人来说都是美——再强调一次，我们对美不做讨论，美就是美。由此，一切审美情感都在呼唤您走出相对论的桎梏，走出对他人伪装起来的冷漠。“主观的，但也是普遍的”其实应该这样

---

① 康斯坦丁·布朗库西（1876—1957），罗马尼亚雕塑家。

② 马克·夏加尔（1887—1985），俄裔法国画家。

③ 伦勃朗（1606—1669），荷兰画家。

理解:“主观的,但力求达到普遍的”。

当然,反驳的声音也会在您毫无准备的时候出现,人们的品位显然永远都不会相同,人们也永远不可能在美面前保持一致。但重要的是,我们都感到了那希望达成一致的愿望,都希望我们产生审美情感的一刻也能成为美感染他人的一刻。那么,如果美感染他人的强度决定了我们本身感到的审美愉悦的程度,结果又会如何呢?

我们需要美,是因为我们希望获得和谐:自己内在的和谐,以及与他人之间的和谐。因此,让我们大胆提出这样的论点:当人内在的和谐激发了想要与他人之间和谐的愿望时,审美情感是最强烈的。审美愉悦的行为方式有些特别,它呼唤我们回到内心的深处,同时,它又不断建议我们从自我中走出来,它既要我们存于内在又要我们存于外在,同时它还要我们从内在走向外在。我们知道司汤达明白这种感觉,他曾在《论爱情》中写“美,仅仅是能被分享的幸福的保证”，而不是写“美，是幸福的保证”，因此我们知道他读过康德的作品。当然，我们都明白保证是无法掌控的，但保证本身是重要的，保证带来的热度是重要的——它让我们在内心深处感到有某种东西在催促我们与他人分享，感到我们不是毫无交集地各自生活，不是在无视他人而只在意“珍贵的自己”的世界里生活。每一次，当美触及我们内心时，它就把我们从个人主义中拉出来一点点。

这正是露西的儿子与他的女友碰到的问题。露西的儿子非常喜欢拉斐尔的歌，这位法国歌手有点大卫·鲍伊[①]的味道，拥有敏感细腻的声线，而且能把歌词演绎得非常到位。他喜欢循环播放拉斐尔的热门单曲《旅馆酒吧》，还特别喜欢开头的那几

---

① 大卫·鲍伊（1947—2016），英国摇滚歌手。

句歌词：早晨的风自哪儿来？自哪儿来？时间啊时间，你又在路上追逐什么？他其实并不知道这首歌究竟哪里打动了他，也许是歌手微颤的声线，也许是忧伤的歌词，也许是歌词与曲调如此完美的融合。但这个声音在对他说：你有多爱我，你又多想离开我？你让我留在这儿，你却离开了我……

但是，他的女友却无法忍受这“带鼻音”的歌声，她觉得那是种假浪漫。她怎么能对他体会到的美如此无动于衷？他能怎么办？没有办法，他无法让她也接纳这首歌的美，因为美超越了他所能够描述的程度，因为他甚至无法解释为何这首歌深深地打动了他。这不是“有原因”的美，它之所以美正在于“没有原因”。当然，他也不会因为女友不喜欢拉斐尔的歌就离她而去。从奥赛博物馆出来后，他在大学街的一家咖啡馆里找到了她。他本想聊聊梵高，但想到之前他们对于拉斐尔的不同看法时，他犹豫了，因为不想再失望一回，所以他们聊起了其他事情。突然，一个念头出现在脑子里，他感到舒心，然后微笑起来。终于，他不再想说服她，而只是想分享那感动他的一刻……

“怎么了？”她把头从可乐杯上抬起来。

“没什么，只是想到件事情……”

他明白，有分享的愿望就已经很不错了。

尽管人千差万别，尽管有众多的因素把人们区分开来，尽管人们对彼此的差异表现出无比的自豪，但人们依然希望达成一致。人们体内依旧存在一个部分，期望着一致，期望着与他人、与所有人的一致，一种普遍的一致与共通。也许这就是美在我们身体里唤醒的部分，当我们赞叹“这真美”时，我们就无法再忽略它的存在。收入水平、社会状态、文化知识……这一切都把我们区分开，但当我们判断美的时候，我们会发现自己的情感不再通过以上的标准判断，当情感涌现时，我们拥抱的是人类共通的天性。我们甚至可以进一步认为美在暗示我们：政治，甚至国际政治是可能的，因为所有人心中都渴望一致与共通。同样，道德也是可能的，如果我们在内心感受到审美愉悦时会考虑他人,这便是道德思考的开始。如今，相对主义日益泛滥，当商品交易与资本流动都已全球化的时候，人们反而更愿意相信社会与文化的屏障是不可逾越的，更愿意相信“人各有所好”或“人所在的文化各不相同”，更愿意认为一切都与个人的社会等级、宗教信仰和年龄有关……我们比过去任何时候都需要美，所以，让我们尽可能地去发现美、体验美吧，尽可能享受这对别人、对所有人甚至对世界产生的纯粹激情的美妙吧，因为，审美情感才是对抗相对主义的重型武器。

“这真美”是一次邀请。我们含蓄地想征得他人同意的时刻，也是我们邀请他人进入自己敏感内心的时刻。任何一种审美情感都在暗示我们，人类的一致与共通是可能的。在审美体验中,即便独自一人,我们也能感到与他人在一起的温暖，即便独处一室，我们也仿佛置身于音乐厅之中，与众人一同享受。这就是为何当我们真正凝聚在一起时，审美情感会如此强烈。这就好比是在音乐厅一同感受音乐的震颤，或是一同坐在船上驶往遥远的地平线，这对同一首乐曲的喜爱或对地平线的共同凝望将使人们自我的存在加倍真实。虽然我们之前已知道这个道理，但以上这些是真实的证据，证明人能够凝聚在一起。

在今天，我们为不再懂得共处而饱受痛苦。在课堂上乏味地宣讲人们要共同生活，说明这是公民的义务，对高中生不会有任何意义，因为“应该做”就意味着人们不想做。所以倒不如让孩子们进入美的世界，让每一次的审美情感唤醒他们心中或多或少被掩埋的对于共通与凝聚的渴望。

到目前为止，我们已了解了内心平静时的审美情感，但是审美感受有时也源于内心的撕扯，源于痛苦与快乐的并存。比如当我们震慑于海上狂烈的暴风雨，或着迷于希罗尼穆斯·波希[1]画中被烈火焚烧的裸体时，我们同样在体内各部分之间“自由、和谐的游戏”中感到了愉悦。比起平静与安逸，人们更喜欢被扰乱的感觉。康德恰恰区分了“美的感觉”与“崇高的感觉”，他认为后者更体现了内心的撕扯。他举了暴风雨的例子，认为我们在暴风雨面前感到的愉悦中夹杂着恐惧。当我眼前出现某种与我比例悬殊的东西，我的内心在接受它的无限性的同时却又无法解析它，这种处境让我相当无所适从。但是，在接近“崇高的感觉”时是有所保留的，康德这种美学确实解释不清当我们面对那些暴力、恐怖甚至畸形的艺术作品时所产生的模棱两可的感觉。即便作品不到那个程度，当我们面对像巴尔蒂斯[2]的《房间》这样的作品时（画于一九五二年

---

① 希罗尼穆斯·波希（1450—1516），荷兰画家。

② 巴尔蒂斯（1908—2001），法国画家。

至一九五四年，画中的少女仰面伸展着裸体，像死了一般，对面站着的侏儒表情严肃，场景里还有一只猫)，或是看到某些现代艺术家的装置、表演或系列摄影时，我们可以感受到某种近乎不安或拷问的审美愉悦，这显然很难与“内在的和谐”联系起来。

您也可能会反驳说，在您的审美情感中，愉悦仅仅属于您自己，它只与您有关而不会触及其他人，并且您也没有与他人分享的意愿。与康德的理论相反，您的愉悦恰巧与它的无法言说有关，这就像是将您关在秘密花园却不给您钥匙一般。产生这种状况的原因可能有二，要不就是我们同意康德的理论，认为这种审美愉悦是不完美的，当其他人也可能像自己一样感受到同样的美时，愉悦感就会增强；要不就是我们需要承认康德美学的局限性，承认在这要达成一致与共通的诺言中存在有点过火的理想主义。

最后，您可能会因为美本身并无参照依据而感到惋惜。为什么我们会在梵高的画前停下脚步？康德的回答很明确：没有原因，只是画中的线条与色彩很适合我们内在“各种能力间自由、和谐的游戏”，仅因为一种和谐引发了另一种和谐，如此而已。这个答案似乎不太令人满意，难道夜幕下那咖啡馆中明亮的黄色光线不象征着生命的激烈或欲望的痛苦吗？那夜幕的深蓝难道不象征着某种夜鸟日落后所寻找的慰藉？总之，难道美不象征着某些价值吗？即便并未察觉，但如果露西的儿子感到了美，难道不是他在认同这其中的存在价值吗？那被雪覆盖的山峰难道不象征着某种高尚？当我被它触动时，难道我会不认同山峰背后的意味，可能我生命中也有一座高峰？或者相反，当我的双眼面对自然或造物主的无限性时，难道我不会拥抱自己作为人类的渺小，接纳这种感觉，承认这种想法？从亚里士多德到圣奥古斯丁，众多思想家都阐述了这种被广泛分享的经验：对他们来说，美显现的方式似乎就是上帝存在的征兆。相反，在康德美学中，美不包含任何意义，它除了自身以外不涉及任何其他事物。但那位从面包店出来的棕发女子身上的美不正说明这观点是荒谬的吗？这种美的完美形式，不正像康德那天在窗前看到的相互交缠的树枝一样吗？如果她的身影有能力阻止我们的花花公子靠近，在某种程度上，难道这不意味着美存在某种意义？比如，她可能会让我们的花花公子陷入僵局，即使他每天都勾引异性。那靓丽的身影不正象征了一种存在的完整概念吗？

我们希望感到美，希望通过美进入它的一切想法、价值与意义，但要以一种迂回且特别的方式：不思考。我们甚至没有察觉到自己也希望通过美去扩大自我可能的价值：能够用另一种方式来思想，甚至不思考。

第二章

活在意义里

我们需要美来提醒自己，我们能够用身体来思想。在西方，长久以来人们会将人表现为分开的两部分：身体在一边，精神在另一边。柏拉图、笛卡尔等许多思想家都持有这种二元论的观点，即通过我的身体，我能够感觉，而通过我的精神，我能够思想。但是，这种二元论正是我们现在要反驳的，因为审美情感恰恰可以被定义为一种用身体来思想的方式。

我还记得第一次听大卫·鲍伊的歌的情景。那年我十五岁，住在一栋被松树环绕的屋子里，当时我并不知道那首歌就是《摇滚自杀》，我也没有深究歌词的含义，但在情感上，这首歌毫无疑问对我产生了巨大的冲击，也向我揭示了许多本质的秘密。我当时并不懂他在唱什么，但有件事却是肯定的：我同意他。也许我也同意自己，但尤其同意他：我认同。我认同的是一种生活方式、一种对上帝或人类的见解，还是有关爱情与友谊的观念，我怎么知道，我不知道他在唱什么，但我却清晰地知道自己认同。耳朵听到的东西有它的意义，这是我在自己的审美情感深处触碰到的意义。它并非简单的听觉享受，这些声音代表着某些价值，而这些价值正沿着一条奇怪的路径，从耳朵进入我的身体，然后迷住我的心灵。我当时还未听说过“二元论”，如果知道的话我一定会当场戳穿它的谎言。

我同样记得那年在马德里，在普拉多博物馆里看到委拉斯开兹[①]的《酒神巴库斯》时的心情。当时的我无法再想任何其他事情，而是完全被眼前的

---

① 委拉斯开兹（1599—1660），西班牙画家。《酒神巴库斯》实际描画的是西班牙农民。

景象吸引，画中人们喝得面色发红、行动迟缓，眼中露出略带喜悦的倦色。我看着，欣赏着，我看到了什么？我看到了人类的美，看到当他们感到疲惫时，当生活很艰辛时，他们身上流露出的，在这醉态与虚弱中的人性之美。这一切都被画在作品中了吗？并非如此，或者说，是也不是。简言之，这幅画象征了这一切。我感到的美是什么？它会把我带去何处？可以说，它把我带向了价值，带向那些我并未意识到，也未用脑袋思考过的价值。尽管如此，委拉斯开兹的画带给我的直观美已让我领略到某种对人性的观念，这种观念将人性的伟大置于能力而非荣誉之上，从而保留了人性直至死亡降临。如果是以说理的方式了解这脆弱的人性，我可能不会如此感同身受，甚至会有些抗拒，而在审美情感中，获得意义的方式并非通过精神或知觉，而是通过一个有智慧的身体，正是这种不用思考，而是活在它的意义中的感觉让我着迷。

黑格尔的解释可谓无人能及，他说美之所以使我们着迷，是因为它承载着意义，象征着意义。我们通过眼睛、耳朵触及了被黑格尔称为“内涵”的东西，即触及了其中隐含的价值与对世界的观念。这就是为何我们需要美：我们需要美，是为了能够活在意义里，能够提高精神空间的容量，能够开启与价值相连的广阔领域。

随着思考的深入，黑格尔进入我们的视野并非偶然。黑格尔在康德之后出版了他的作品，用自己的著述予以反击。他们截然不同，但却都拥有着惊人的才华。黑格尔结了婚，并生下两个儿子和一个夭折的女儿，他还有一个私生子，也被接来和其他孩子一起抚养。他过着忙碌的世俗生活，在坐满了人的阶梯教室授课，热爱旅行并积极参与国家政治。他醉心艺术，能冒着摔断脊背的风险驾驶敞篷四轮马车去欧洲各地的博物馆欣赏那些旷世杰作，并从中不断检验他的理论。在《美学》一书中，他梳理了整个艺术史，从而表明每一次美是如何揭示一个时代的意义，又是如何象征着某些价值。在所有西方哲学家中，黑格尔或许是对艺术理解得最好的一位，他心目中的杰作，诸如埃及的狮身人面像、希腊的阿波罗雕像以及拉斐尔的《福利尼奥的圣母》，我也推荐您不妨去看看。

黑格尔以罕见的雄心壮志总结出自己独到的方法论，他总是将某种文化的真相，比如历史、政治、经济或宗教，与这种文化创造的美的形态联系起来。比如说到狮身人面像，他先从埃及的农业版图讲起，描述了尼罗河地区恶劣的环境，当地人却对这严酷的环境既恐惧又着迷。尽管自然条件极端而且变幻莫测，埃及人却发明了极为精巧和科学的灌溉系统，这也表明他们对于发展的渴求与对自然的崇拜并不冲突。同样，埃及法老是世袭制，即血缘亲属（自然性）决定政治权力。埃及人就像服从自然法则一样服从法老制度，如同面对尼罗河的涨潮。虽然有对天生的权力的着迷，但他们也制定了一套完善的政治制度，其中法老被置于森严等级制的顶端并通过大臣采纳各种意见，这一制度实际已初现科学的现代政治体制的雏形。黑格尔向我们展示了一个在对大自然的巨大力量着迷的同时，也希望在文化上大步向前的埃及王国，这就是埃及文明的内涵。狮身人面像是什么？它是将巨大、威严的狮身与通常是女性的人类胸膛和面孔结合的巨型雕塑，或者说，它是文化慢慢从自然束缚中挣脱的象征。黑格尔认为，狮身人面像象征了埃及王国的本质。埃及的美不是装饰品，它不是为了消遣，它闪现着真的光芒。若能感受到狮身人面像的美，我们就能认同，任何文化都希望从它所崇拜的大自然中逃离。我们活在这文化的定义当中，甚至都没意识到，就是说，在对表面形式的沉思中，我们能感受到具有意义的内容，并在感性中与意义相遇。请容我再说一次，这也意味着让自己成为一个有智慧的身体。尼采曾在黑格尔死后说：“身体是一个大理性。”

以上的论证是否太费脑子了？那么，让我们来把它简单化。试想一位年轻的父亲和他三岁的儿子站在卢浮宫中某座雄伟的狮身人面像前，这位父亲就是我们之前提到的那位街头猎艳高手，他也结了婚，妻子是个棕发的年轻女人，但因不满他沉迷于与其他女人的暧昧关系，所以离开了他，而且规定他只能在周三下午和半个月一次的周末见到儿子。我们假设在这巨大的雕像前父亲和儿子都感到了某种东西，那么父亲看到了什么？儿子又看到了什么？父亲只看到这雕像上那逝去的文明的痕迹吗？黑格尔认为不是的，因为这样的话，他与狮身人面像的美之间的关联就过于是智力上的，而不是审美上的了。诚然，艺术是对过去时光的某种呈现，但这过去的时光也属于我们，它也活在现在的时光中，历史就是一种进步，在这进步中，过去的脚印总是被保存下来，这一观点是黑格尔的巨大贡献。从人类历史的角度看，埃及王国就是我们的童年时期。在看狮身人面像时，父亲看到的其实是某种对过去的神奇呈现，美仿佛拥有使过去变为永恒的魔力，但是，他也懵懂地察觉到自己与过去的关系，发现如果当时的埃及王国不是那样，那么他也不会成为今天的自己。正是通过古代的埃及人，我们才明白了一切文化或文明虽然被大自然的雄伟与力量吸引，它们未来却都将挣脱自然，不再受制于自然。当然，这位年轻的父亲不会想得如此深入，他也不必去承受论证过程带来的疲惫，他只需要睁开双眼，让这宏伟的狮身人面像展现在自己面前即可。至于他的儿子，难道他只看到一头长着女人脑袋的狮子吗？当然不是，他同样也活在他看到的意义里，他喜欢这巨型雕像的形态，觉得它很美。我敢打赌，狮身人面像的形态对他讲的故事与他相关的程度会比他的父亲更高。就在这一刻，难道他不是作为一个独立个体存在着吗？他不久前才摆脱了尿布，开始上幼儿园，难道这不正是他努力挣脱自然并成长为人的过程吗？可以说，狮身人面像对这对父子几乎象征着同样的东西，那就是成长为人的代价，这成长既是人类的伟大之处，又带给人类许多负担。但我向您保证，这一切并不妨碍卢浮宫的游览结束后，这对父子去附近的自助餐厅边吃薯条边讲蜘蛛侠，当然，这也不会妨碍他的儿子在吃第二份薯条前突然问他父亲“是否会和妈妈复合”这个问题。

“……那儿子你呢，喜欢那个狮身人面像吗？”

这其实是狮身人面像向我们提出的问题，它以一种敏锐的方式提出这个关于自然与文化间关系的问题：我们需要美，透过审美情感指引我们去遇见一些我们甚至从未意识到的问题。一八三〇年，黑格尔的《美学》出版时，弗洛伊德还没出生，但在他富有远见的行文中，已明确地指出，我们没有意识到自己活在这些问题里不能说明我们真的没有这些问题，相反，这恰恰是认同的属性，它去除了一切自省与批评的距离。美的力量让意义进入我们的身体、进入我们未知的空间，它通过可看可感的形象用自己奇特的力量向我们传递了某种价值。

最后，让我们把黑格尔提出的美与真的关系简单地总结为：我们都感觉到，当这是美的，是因为这是真的。当然，也有许多人反对这一观点，如英国的经验主义哲学家戴维·休谟与特伦斯·哈奇森，他们认为美只是一种声音或形状的美妙组合，它能根据我们的教育背景或对美的符号的熟悉程度去愉悦我们的眼睛或耳朵，但它却与真无半点关系。对于这种经验主义哲学家的论调，任何感受过强烈的审美情感的人都不会同意，虽然有些激进，但他们肯定会毫不犹豫地认为：这是美的，是因为这是真的。目前，我们暂时不必追问“真”的含义，我们只需看看露西闭着眼睛再一次欣赏巴赫第六组曲时的表情，只需看看任何雅克·布雷尔的歌迷在客厅里把《阿姆斯特丹》调到最大音量时的反应，只需看看任何在油画前长时间驻足的人们，只需看看任何被意大利的教堂或美景深深吸引的人们……任何人都不会把他的感觉归结为简单的感官愉悦，也不会把美当作适意，所有人都会认为，美的奥秘在于它以这样或那样的方式将自己与真理联系起来。

现在，让我们跨越几个世纪回到过去，回到阿波罗神像面前。它伫立着，就像雅典街道边数以百计的雕像一样，它们的比例都是那么协调，姿态都是那么优美，让希腊人极其喜爱，因为他们从这些雕像看到了神的面貌。阿波罗就是一个人形的神：一个完美的人，一个化身为人的神。“那么，希腊人创造了什么？”黑格尔曾经问道。可以说，希腊人创造了哲学与民主，而这两种实践都关乎平衡、协调，勾勒出一张摒弃过度激情的人文主义面孔。哲学建立在对话之上，只有每个人都去衡量自己的论证根据、听取他人的论证并遵守言语的规则，哲学的存在才能成为可能。同样，民主是建立在磋商的基础上，这就要求每个人都能控制自己的情感、尊重他人的意见，并能够在谈话中进行权衡。希腊文化的内涵，就是这舍两极而取其中的“中道”，是平衡与协调的艺术，是摒弃一切失调或过度的事物，对完美协调的追寻。对希腊人而言，那最中间的一点才是他们追求的最高峰。为何希腊人如此崇敬他们的阿波罗神像？那是因为他们从一种可感的形式中找到了自己的价值，因为阿波罗向他们说明了他们是谁，说明了他们的价值以及信仰的真相。请允许我重新强调一遍，这里展现的并不仅仅是雕像的美丽形态或精巧工艺，更是哲学与民主价值在其中变得可触可感，是将他们的信仰以完美的形象呈现。如果我们也同样感受到阿波罗神像的美，那是因为我们认同了平衡与协调的价值，至少在审美愉悦中我们被它的价值吸引。而来自可感的形式之中的意义令我们迷恋：如果我们感受到阿波罗神像的美，那就表明我们或多或少是个民主人士、哲人，或者身上带着某种希腊人的特质。正如黑格尔所说，除非是被它其他的价值吸引，一个纯粹的法西斯不可能在阿波罗神像前产生审美情感，这正是审美经验增多时可能产生的风险：您可能会被其他价值、信仰或看待世界的方式所吸引。在黑格尔看来，没有“内容”的美是不存在的，在美之中，那“实体性的内容”懂得如何吸引别人的注意，它会戴上面具，会让人浮想联翩，那仿佛是令人难以拒绝的邀请。

最后再举一个例子，这也是离我们更近的一个例子：拉斐尔的《福利尼奥的圣母》。圣母马利亚怀抱着她的儿子，眼神中满是慈爱，画中马利亚光洁的胸脯、圆润的手臂以及画面的色彩都令我们想到母亲的照料与呵护。但是，她的目光中还闪现着超越凡人的微光，黑格尔认为那是因为她的母爱中还蕴含着更伟大的爱，是上帝对所有子民的爱，而画中的耶稣就是这样的象征。因此，如果不能认同基督教之爱的“实体性的内容”，就欣赏不了马利亚的美。换句稍有差别的话来说，如果没被基督教的价值观所吸引，在审美情感中，就无法隐约感受到基督教之爱这种价值观的魅力。

同样，一个思维敏捷、步履匆匆的人也不可能不被大卫·霍克尼[①]的拼贴画吸引，不可能不被其中另类的价值吸引。《好莱坞，游泳池里的两个男孩》描绘出看待世界的另一种角度：对自我与身体的不安、肤浅与无所事事以及肉欲的美妙与自由，

① 大卫·霍克尼（1937— ），英国画家。

等等。听鲍勃·马利的雷吉音乐的同时，我们同样不可能不被其中的“他处”情结吸引，不被异国牙买加、被另一种生存方式与价值观念吸引，也不可能不发现其中价值的真实以及另一种生活的可能。这就是美的力量：大卫·霍克尼画中明亮的色彩与朴素的形状不再是单纯的色彩与形状，就像鲍勃·马利歌声中独特的声音与节奏也不再是单纯的声音与节奏，色彩与形状、声音与节奏在这里都成为另一种生活的使者，并告诉我们可以有另一种生活方式的可能。

为了更好地理解以上的分析，我们需要重新回到象征的概念。黑格尔在《美学》的绪论中写道，象征融入了物质性中，而且融入了它反映的一部分意义，但只是一部分，其余的意义都超越了物质本身。换言之，一部分上帝之爱融入拉斐尔的油画中，融入圣母马利亚望着儿子的眼神中，但那只是一部分，我们只能看到可视的部分，比如油画的色彩与线条，但美的魔法在于，我们同时也进入看不见的部分，进入超越物质的部分，我们的情感能将可视与不可视的部分联结起来。象征永远是不在场的在场：在场的是线条与色彩、母亲与孩子，不在场的是上帝对所有子民的爱；在场的是油画，不在场的是价值。我们只能看到在场者，但实际我们遇见的都是不在场者：我们进入不在场者。因此，艺术家对在场者与不在场者的比例把握就至关重要，太多在场者会让我们沉溺其中，从而破坏了对象征的联想，使我们无法进入不在场者；而太少在场者又不足以使我们产生联想，我们同样无法进入其中。人的情感懂得如何解读艺术家的作品，画家通过线条与色彩将我们唤醒，开始向我们讲述，我们因此有了虚幻的自由的感受，其实是受到了画家高超技艺的引导。审美愉悦可能同样是引导者：因为美比我们强大，所以我们欣然被它引领。

那么，审美愉悦或许无法再被解读为“内在的和谐”，它似乎更像是我们的感性“强迫”精神进入意义之中。它有时使我们心烦意乱，尤其是当我们感到某些被排斥的东西在靠近时，但这恰恰是审美愉悦的奇特之处。事实上，不可否认美的危险性，如果一个法西斯突然开始欣赏起阿波罗神像比例的完美，那有可能是他开始被民主主义吸引……但从真实历史的角度看，反而是相反的情况更多：比如在二十世纪三十年代的德国，当时的人们还未变成种族主义者、反犹主义者、民族主义者或帝国主义者，但他们还是颇为接纳被纳粹利用的各种美学符号。当时的一切艺术形式都被利用来煽动人们进行抗议示威，我们可以想象下当人们游行时的情景，当他们经过那些被阿尔诺·布莱克的雕塑环绕的，由阿尔贝特·施佩尔设计的建筑时，当他们伴着瓦格纳乐曲激昂的旋律，被其中的男性气概、统治意图与武力侵略激起无限热情时，一次人类历史上的巨大灾难则无可避免了。建筑、雕塑、音乐甚至电影都成了希特勒思想统治的工具，一部分人因此变成反犹主义者、民族主义者或帝国主义者，但另一部分人因为美带来的屏障在努力抵抗，如果纳粹的意识形态是以理性的方式进行传播，那这部分人本不会让自己成为精神的俘虏；如果没有利用艺术，纳粹政治本不会赢得民众的心。传说暴君尼禄曾因想看城市陷入火海的景象而下令火烧罗马，我们能够想见美的吸引力，那么我们现在来看看以下几个词的词源，吸引力，即魅力，但也是巫术；魅力，即让我们着迷于形象或声音的美并自愿被美引导；巫术，即将我们引入其中并招致灾难。那么，魅力的界限在哪儿？巫术从哪儿开始？更重要的是，魅力是否有可能摆脱巫术的威胁？

尽管美有危险的一面，可能会成为极权政治的工具，但因为它正陷入危险之中，我们更需要捍卫美。而如果我们的自我价值和信仰都陷入了危机，不正需要美来接纳包容吗？如果没有美从中调解，我们是否本不会有任何隐约看到价值体系的机会？

如今，欣赏像阿尔贝·加缪的《局外人》这样清澈又独特的小说时，我们会从中隐约看到某种荒诞存在的可能，在这荒诞之中，宣布母亲死亡的语调与天气预报的播报声音别无二致，一个男人犯下罪行也仅仅是因为他的眼中闪着阳光。对于我们这样有道德观念、注重生命的价值并害怕失去所爱的人来说，《局外人》非传统式主角的写法以及主人公默尔索的态度都让我们觉得奇怪、没人性甚至难以理解。在这部理性的、只叙述事实的作品中，美变得无法理解，美仿佛只是证明了默尔索的疯狂。但这部作品又是那么美，那么完美，无法抗拒的深入。阿尔贝·加缪的写作风格又是如此纯粹，如此感性，暴烈太阳炙烤下的阿尔及利亚让我们产生某种感同身受的想法，让我们甚至理解了书中奇怪的，甚至是我们反对的价值观。默尔索在母亲下葬时没有哭，他对别人的热情感到局促不安，也为要满足自己对尼古丁的需求而忧心忡忡。母亲下葬后的第二天他就遇到一个年轻女人，和她上床时的他仿佛完全没有想起他那过世的母亲，他开枪杀了一个阿拉伯人却没什么真正的原因，他还从那一动不动的尸体身上取走了手枪的弹夹。我们本该憎恨这个人，本该让他受到法律的制裁，但小说的力量却让我们体内的一部分理解了他，谅解了他。也正是加缪的文字之美和他对文字的高超驾驭能力，让我们与“局外人”产生了共通的情感。共通的结果是什么？结果并不是价值观的实在交换——我们虽然认为生命有其意义，但我们并不会放弃阅读《局外人》，或者否认自己对其中荒诞性的认可，而是一种感性的增强，或者说是一种内在性的增强。“它向我们打开”，即便之后它又关上也没关系，因为这种开合本身也是生活。我们需要美冲击我们，让我们感到自己感性的生命力，这种深入无须持续很长时间来证明自我内在生命力增长的可能，但哪怕只是昙花一现，这种力量也能使我们更加充满活力，我们同时也会惊讶于美的力量，惊讶于它让我们惊奇地发现了自己的变化。那么，我们会任由他者的价值观在没有美的力量支持下虏获我们吗？答案很可能是否定的，因为只有在美之中，只有在美的帮助下，我们才会同意敞开自己。

卡尔·西奥多·德莱叶拍摄的《诺言》描绘了一幅极其美妙的景象，并向我们展示了在美的作用下人们如何向他者敞开自己的心扉。电影讲述了在乡村生活的一位父亲和他的三个儿子，大儿子结婚并生了两个儿子，小儿子爱上了一个年轻的女人，但她的父母却极力反对他们，二儿子约翰内斯是虔诚的基督徒，他每天早晨都会去附近的山丘和村庄布道。约翰内斯原本疯癫又愚蠢，但电影讲述了他如何慢慢树立威望，成了耶稣的化身，并成功让已经死去两天的大嫂复活的故事。电影的目的是为了让人们看到耶稣创造的奇迹，其中的布景精致至极，光影的变化与导演的巧妙设计也让我们的目光追随约翰内斯并看着他慢慢改变。这部黑白电影有着一种令人难以置信的缓慢节奏，也表现出一种无可名状的美。我们经常看到约翰内斯前倾着身体，大步走在山丘上传达上帝的旨意，他仿佛在我们面前变成了耶稣。电影中这一切都未被说出，但这一切却又都展现在我们眼前。《诺言》的最后一幕也许是电影史上最杰出的画面之一，死者的眼睛在约翰内斯的命令下重新睁开，我们因此感到耶稣就在我们中间，就在我们面前，是他在我们面前让人起死回生。有感于这部电影的美，沉醉于它完美的表演与画面中，其实是这审美愉悦让我们进入到了世界的某种神秘主义中，而且即便是最现实的人在感受到《诺言》的美时，他也会突然发现自己内心深处沉睡的神秘力量。若没有美，我们绝不可能开始对自己产生疑惑。

其他类型的电影也会带来不一样的视角：为什么像我们这样诚实守信的好公民会对诸如由布莱恩·德·帕尔玛执导，阿尔·帕西诺主演的《疤面人》，或是由弗朗西斯·福特·科波拉执导，马兰·白兰度、阿尔·帕西诺和安迪·加西亚主演的《教父》这样的黑帮片产生审美愉悦？在这类电影中，我们触及的价值或见证的行为是我们的理性与道德强烈谴责的。这些电影在揭露黑社会的可怕之处（毒品交易、有组织的犯罪、家庭暴力、大男子主义、兄弟义气与背叛）与表现对这种暴力美学的迷恋之间游移。那么，这有一个简单的问题：我们在黑帮片中发现的“美”到底意味着什么？

在对于这个问题的回答中，被引用最多的当属亚里士多德在《诗学》中提出的“卡塔西斯”说。他认为戏剧中的暴力场面能使当时雅典的观众通过情绪的释放洗涤心灵，从而让他们在回归现实生活时，成为对待城市事务更加平和的好公民。他们害怕剧中主人公惨死在自己眼前，当他们内心对他充满怜悯、对凶手充满仇恨时，他们以这种间接的方式体验到现实生活中无法达到的极致激情，从而能轻易地摆脱自身对文明有害的某种暴力倾向，并消除了自己成为优秀公民的障碍。“卡塔西斯”类似于某种“清洗”，它经常通过戏剧或电影中的暴力场面进行表达，它的存在有益于社会的发展。我们可以理解为什么那些希望将电视、电影或游戏中暴力场面产生的消极影响降到最低的人，会援引亚里士多德在《诗学》里表述的这个论点了。

如果“卡塔西斯”说存在其合理性，那我们就有可能换个角度看问题。当我们沉浸在戏剧演出中时，这感觉就像是我们在读《局外人》时有感于生命的另一种意义，或像是一个现实主义者或无神论者看《诺言》时感觉到上帝的存在一样，我们将会进入一个另外的、不属于我们的，甚至是我们反对的价值体系中去。而审美愉悦很可能就源于它发现了我们内心深处新的可能（我在这里用“发现”一词可能并不恰当），虽然我们自己可能并未意识到这种内心深处的吸引与可能。实际上，我们的世界观与黑帮老大的世界观相差甚大，但当我们作为观众观察对方时，我们之间的差距就并非我们想象的那么大了。审美愉悦的奇特之处就在于，它一方面表明了二者的差距，但同时它又说明事实上这种差距并非无限大。

虽然在审美愉悦中，我们发现自己以这样或那样的方式接近了另一个世界的情况并不常见，但如果真的出现，如果我们真的接近了远方，情况又会如何？我们是否会走上另一条从未踏足的路？同爱情的转移一样，我们也许也有美的转移：审美愉悦会与远方的某种激情相连，正如康德所说，那会是一种对于所有人的激情，无关他们的价值观念，也会是一种对于其他价值观的激情，一种对于自我内在其他可能性的激情。美可能给了我们区别于别人的一点点勇气，是的，只有一点点，就在那审美愉悦出现的仅有时间中。美也让我们走出自己，让我们有所成长，变得强大。它让我们不再有那种渺小而又常见的想法，认为我们不过是我们而已。当我们走出电影院时，我们可能依然是严守法律的好公民，我们甚至能做得更好，正如亚里士多德所说，“卡塔西斯”的作用恰恰能使人们更合群、更平和。但是，无论如何，这些都不重要。即便我们没有改变，即便我们依旧承受着日常生活中的种种束缚，我们的感性还是在变强，这是我们内在生命力的自然属性，即便外在生活貌似无法改变，但它却依然能为自己带来生机。一部分人为了忠于自己的想法而开始改变生活的方式，另一些人则选择维持现状，这都不是问题，因为在这两种情况下，审美愉悦都能通过人自身内在性的成长来引导我们的发展。

当美暗示我们和他人——不论是陌生人、神秘主义者还是黑手党，其实并非如我们所想的那么遥远时，当它告诉我们他者“他”的成分并非那么多时，美也是在告诉我们，我们的“我”其实比自己要多一些。

我可以用埃米纳姆或布巴的说唱音乐来说明这个问题。我知道埃米纳姆的歌词里有时带着种族主义、反同性恋主义或反犹主义的倾向，但当我感到这些的同时，我也在这略带挑衅的音乐中感到了强烈的愉悦，那是一种充满纯粹的愤怒与能量的愉悦，它有时甚至能冲破音乐的旋律汹涌地向我袭来。那么，怎么去理解这个悖论呢？我喜欢埃米纳姆的说唱并不意味着我接受了他的价值观，或是我也要变成一个喜欢喝百威的“白人垃圾”，或是要穿脏兮兮的肥大T恤满口说着种族歧视的脏话。尽管如此，我发现审美情感依旧让我微微靠近了“远方”，发现这个种族歧视又反同性恋的“白人垃圾”并非如我所想离我那么遥远，遥远确实存在，但又不是无限遥远，我们之间并没有不可逾越的鸿沟。我理解这点，但却没有真正去思考，没有想过如果我生在别处，长在另一个环境，若想不被生活压垮，我可能除了变成一个“白人垃圾”外别无选择。一首说唱歌曲就能让我对他们的生活感同身受，这可能是其他方式达不到的效果。同样，法国说唱歌手布巴在歌词中称赞卡拉什尼科夫冲锋枪效能、发达的肌肉、名牌球鞋、杰克丹尼威士忌、豪车和易得的金钱，这位歌手住在迈阿密，曾因未缴纳自己白金唱片的巨额税费而短暂入狱，可以说，他的世界观与我的截然相反，但却不影响我对他的歌曲中那种流动的、交响乐般的力量，不影响对他的歌词、叠韵手法、他粗糙中隐藏的韵脚的喜爱。所以我对自己说，在他的世界里，报复社会的方式就是成堆的美金、大卖的唱片和围在法拉利周围的比基尼女郎，这又有何不可？

在这本书中，当我谈到自己时就会谈到音乐，并非偶然。我想我对于哲学中美的兴趣是源于我最初的审美情感，尤其是在听大卫·鲍伊、卢·里德、雷·查尔斯或雅克·布雷尔的时候。我还记得第一次听到卢·里德的专辑《魔法与失去》时的情景，那天我带着随身听走在去高中的路上，当时那歌声带给我一种纯粹、完美的感觉。黑格尔在柏拉图和普罗提诺之后肯定了“美是真的光芒”，这是我几年之后在高三课堂上，从一位哲学老师的讲课里获知的。这位老师曾经当过巴黎大堂的仓库管理员和贝西伯爵的低音提琴手，很晚才取得哲学教师资格。美是真的光芒……柏拉图甚至写成“真的光辉”……这正是我当时的感受。

这种感受告诉我什么？其实是两件事：

第一，我的现实生活与理想生活存在差异，我本人与我希望成为的样子之间存在差异；

第二，这种差异并非不同数量级上的无限大。

因此，审美愉悦产生了两个结果：它让我发现自己离“理想中的我”还很远，但同时，这“理想中的我”又在向我慢慢靠近，这就像是露西在汽车里突然听到收音机里响起那首歌时，她的身上充满了新的希望一样。并非那奥兰城里的“局外人”、意大利黑手党或美国的“白人垃圾”靠近了我，而是那个理想中的自我仿佛因美的力量突然间微微向我靠近，似乎变得不再那么触不可及，变得可以预见、可以期待。正是在那些最疯狂的梦想里，我感到了自己的改变，感到自己靠近了远方，靠近了他者，只不过这里的他者是另一个我。如果音乐很美，那么一切就皆有可能，一旦美出现，就不再存在不可能的事情。美让更好、更糟，变成他者或变成自己都成为可能，这是美的危险之处，也是美的魔力所在。

既然富含意义与价值的艺术美高于自然美，那么一旦艺术美被某个有信仰和价值的人创造出来，这种美仿佛就比自然美（如山川或大海）更有象征意义，以上是黑格尔的观点。他认为艺术美富含“一切在人类灵魂中激荡的东西”，它拥有部分地进入作品物质层面的天赋，它比自然美更为有趣。然而，我认为质疑黑格尔的观点并捍卫自然美的象征性是可能的，并且为一切形式的非艺术美正名也是可以实现的。

当我们的街头猎艳高手被那位棕发美女吸引时，难道他不是突然与她身上的美象征的一切“相连”了吗？也许那是一种纯净的外形、一种存在的概念或女性化的形象。总而言之，那是通过她的步态、面容表达的价值的象征，仅仅惊鸿一瞥就突然打消了他已成瘾的性欲。然后，对于一些他本不愿谈论的事情，比如他的朋友对他和那些女人有意或无意的关系提出质疑，他接受了，在他处在审美愉悦的状态下，他接受了对自己的生活方式与价值观的质疑。在审美情感中，他得以构想原本被他的理性所拒绝的东西。

傍晚时分，科西嘉岛的海湾无比宁静，被晚霞染红的天空与海面融为一体，这美丽的景色能让无神论者相信上帝的存在，他也许不愿听到任何说教，但他愿意看到上帝存在的可能性，既然出现了如此完美、如此罕见的美景，那似乎就不是偶然的。当然，反对的观点也非常明确：我们能够找到这种极具吸引力的自然美景，但却与上帝无关，真正的奇迹在于即便上帝不存在却依然有这样的美真实存在。正是在这和谐世界的奇迹中，在与上帝无关的奇迹中，当我们凝视美时，我们甚至无须“思考”就已赞同了这种想法。美让我们懂得思想并不是思考，懂得我们能够通过眼睛、耳朵，用我们的感性来思想。当然，在面对自然美的谜题时，我们也许会提出上帝的问题，但更常见的情况却是：我们已满足于自己的所见、所闻、所感，已满足于美漫过全身的富足感受，以至于我们甚至不知道自己正在思想着上帝的问题……

想象科西嘉岛海湾的宁静以及凝望这美景的人们的心情，我们就不难理解程抱一在《美的五次沉思》中说“每一次美的经历都唤回了一个走失的天堂，也召唤了一个允诺的天堂”，每一次美都似乎“让世界回到了晨时的清新”。请让我再说一次，这个天堂也许显现了神的旨意，如同魔法般在我们面前闪闪发光，但也许，在上帝不在场时，我们依然有这样一个天堂，一个美向我们承诺过的天堂。

思考到这里，我们也许就能回答本书开头提出的问题：为何表面的美能如此深深地触动我们？这些简单的形式如何让人类着迷？答案是，因为这些形式就是象征，虽然在表面，但它却反映了深层的动机。也许我们有时也讨厌对深层的东西进行理性的解释，或仅仅是无法谈论它们，害怕诸如上帝、真理、世界等“大词语”的意义。

幸好，还有美跟我们讲述这些。幸好，还有银光闪闪的地平线告诉我们上帝的存在，还有散落在海岸线的话语告诉我们什么是幸福，就像还有体态各异的女人和雷吉音乐的节奏告诉我们什么是另一种生活的可能。虽然自相矛盾，但若这正是我们与抽象最好的关系呢？如果这种关系是肉体的、美的，关乎上帝、真理、幸福或生命的意义呢？人的一生怎么可能不想这些问题就获得圆满？因为有时我们不会这样问自己，所以我们需要美来提出这些问题，需要美来提醒我们一些经常被忘记的事情，比如我们与其他哺乳动物不同，我们人类生来就是为了这些问题。

而且，如果我们是被这些问题造就的呢？

美包含的意义也许终于能解释为何我们有时非常喜欢身体的特定部分，比如这个男人特别喜欢女人的胸部和臀部，那个男人又特别偏爱女人圆润的肩膀；这个女人喜欢男人背脊的弓起，而那个女人又非常钟爱男人方正的面颊。这些虽只是形式，但它们却又代表着本质，是的，虽然难以回答，但却是本质：美唤醒了某种东西，它像真理，它象征着真理。否则，为何我们的眼睛无法离开美的事物？

歌德早年属于浪漫派，曾偏爱黑格尔理论，他曾写道："不显现的，就可能不存在。"在十九世纪初期的普鲁士，这些浪漫派人士终于重新赋予了表象应有的价值，结束了自柏拉图起长期对表象的贬低。柏拉图在《理想国》中有一段引人注意的对话，他贬低了画家的工作，认为画家比工匠更低一等。他以床为例，比较了在"天上的理式"的床（它的本质、根源，也就是它的真理）、工匠制作的床以及画家所画的床。工匠制作的床与真理的床"隔着一层”：它虽与床的本质相去甚远，但毕竟它还有实际用途，可以睡觉用！而画家画的床与真理的床则“隔着两层”，它甚至无法代表床，充其量只能算是对床的外形的模仿，画家根据心情随意选取了角度，其中没有任何内在的必要性，也没有任何对真理的考虑。因此，柏拉图得出结论：艺术家的价值小于工匠……他甚至写应该“将诗人逐出理想国”，尤其要驱逐诡辩者和政治说客，因为他们被认定要为雅典战败斯巴达负责。他也反对像菲狄亚斯那样的雕塑家，因为他们只是创造了令人愉悦的美丽外表，却不展示内在比例的纯粹真理。柏拉图在他著名的洞穴寓言中，讲到表象的受害者，说他们将影像——洞穴岩壁上映照出的简单阴影与真实混淆。他还在《会饮》中说到男人之美，认为这种美通过男人对情人的欲望达到了真和善的境界。他在著作中对表象的抨击在西方世界的历史里留下了相当大的影响。两个最著名的重估表象价值的时段分别属于基督教——因为上帝通过他的儿子显现在众人面前，和十九世纪的德国浪漫主义，其中包括歌德、谢林、席勒以及年轻的黑格尔。

《美学》最终在黑格尔去世前一年出版，因此他没能有足够的时间听到对这本伟大著作的各种猛烈抨击：什么？他的学说多让人受不了！他对纯粹的美的侮辱这么深！他居然为了艺术而否定艺术！多么讽刺，这位哲学家在美面前依旧在寻找意义，在美面前依旧无法闭嘴，无法停止思考，无法只是单纯地凝望……我们谴责黑格尔哲学中存在对艺术的哲学式占有，谴责他不能体会形式之美也能作为一种纯粹的美，美并不是价值显现的方式，它只是怀抱着永远无解的神秘，毫无修饰地站在我们面前。黑格尔有时会陷入概念的牢笼，随时准备着找到意义或真理，但却发现自己一直追寻到的只是那些单纯、没那么多意义的表象……

总之，以上理论毕竟让我们讨论了以下问题：为什么美？美仅仅是因为形式美，还是因为美唤起了意义与价值？我们都被邀请去探问自己心中的审美愉悦，露西是第一个，她对大多数游客都认为无趣的现代装置艺术相当着迷。她最近一次看展是在巴黎，那天是周六，东京宫展出了陈箴[①]名为“净化室”的装置——一个完全被泥浆覆盖的客厅，里面的一切似乎都凝结了：沙发、灯、桌子、电视……在这毁灭性的环境中已没有人生活的迹象。它看上去非常柔和，但却仿佛末日到来一般。但毫无疑问，露西认为它非常美，完全被它所吸引。我们在这里可以有两种解读：第一，美就是美，不需要别的原因，那赭色的泥浆、奇特的静止感以及原本平常却突然变得与众不同的景象，都变得美丽起

① 陈箴（1955—2000），中国最早的装置艺术家之一。

来，因为奇怪、不寻常、变形，所以美；第二，美是因为象征了自身不能或不愿思考的某些意义，如世界末日、灾难降临或物欲统治下人类生活的消亡等。那么蒙德里安画上纯粹的几何线条的美又是如何？它的美是因为美得纯粹，还是因为它纯粹代表了抽象真理？它的美是因为它除了自己不反映任何东西，还是因为它折射出某些超越自己的东西？当露西的儿子循环播放贾斯汀·汀布莱克的歌曲《性感回归》时，他感到的美仅仅是因为音乐好听，还是因为音乐中根植着某种存在的概念，它对他诉说、将他唤醒，并把诸如能量与风格、欲望与快乐等价值联结起来？也许您会愿意回答黑格尔理论中在理的部分。

在两种情况下，我们会需要美。

第一种情况，我们需要美来让自己停止思考。第二种情况，我们需要美让自己“敢于”换种方式来思想。

那么，如果以上两种情况其实是同一个呢？

美让我们能“换种方式来思想”——用身体来思想，用不同于平常的方式来思想，以感受的方式“思想”伟大抽象的命题。当我们考虑这一点时，我们还需谈最后一个极为重要的论点。

如果一部艺术作品没有触动我们，那么它又能让我们从中感受到什么？也许正是它背后意义的参照让我们有所感触，那是美在以自己的方式唤醒我们。巴黎人现在应该还记得艺术家克里斯多的巨型装置艺术——被纯白布料完全覆盖、完全包裹的巴黎新桥。那是一九八五年，当时新桥对面的莎玛丽丹百货公司还未停业，因为布置导致新桥暂时关闭，使得巴黎的交通更加拥堵，同时人们又在新闻中听到了国家为这一装置提供了巨额补助，所以这一装置最开始可算一则丑闻，这一切都让巴黎人对它气愤不已……直到新桥的美将他们虏获，直到新桥上的白布因吸收了塞纳河的水汽而仿佛有了巴黎最古老桥梁的美态，直到巴黎人重新发现了新桥的美，发现了这座在他们眼中习以为常的、因在上班路上经常经过而变得熟视无睹的新桥，直到他们的目光变了，从厌烦变成了赞叹。因此，为了揭开新桥的面纱就要给它蒙上面纱，为了重新发现新桥的美就要先遮盖它，为了唤醒人内心的唯美主义就必须消灭人类的常规。但要怎样做？到底发生了什么？当克里斯多的装置艺术带给巴黎人奇特的美的体验时，一系列讨论也围绕着该装置展开，目的是研究其中可能存在的意义。在对意义的各种探讨中出现了相左的意见，一部分人认为新桥正对着曾经的莎玛丽丹百货公司，在那个年代，从百货公司出来的每个人胳膊下都夹着包装完美的各种商品，因此新桥装置艺术是在揭露当今的包装文化和消费文明；另一部分人则认为克里斯多希望通过这一装置艺术唤起人们对希腊雕塑黄金时代的回忆，因为当时的雕塑与新桥一样，都披着湿漉漉的白色衣衫以展现身体完美的线条，以展现美；至于其他人，新桥也许在提醒他们意识到自己已不懂得观察，意识到自己的眼睛已被日常生活蒙蔽而只在意实用的东西，他们却没想到最终是因为被堵在了拥挤的道路上才重新睁开了双眼。最终，我们发现了新桥美的意义，那就是重新让人们感受到美，感受到纯粹的美。因为一旦这种美被当作意义的象征——如象征包装的文明、我们与世界间实用主义的狭隘——那也意味着它接下来会被当作纯粹的美。众多巴黎人在为期两周的展期中前来欣赏，来到这白色大桥前领略它的美，让自己仿佛置身于另一种神秘而久远的生活中，再也不记得要提出任何问题……

在欣赏弗拉芒人的绘画时，我也有着相似的感受。以前，我从未对老布吕赫尔、范·奥斯滕或斯坦因画的乡村节日场面有何特别的感受，乡村宴会一般在码头或溜冰场边举行，那里聚集着当地的农民、商人和各种住在村里的人，每个人都喝得脸颊发红，画家的笔触细腻，这些小人物就像是要从里面走出来一般……但是，这一切都没有打动我。直到我读了黑格尔的作品，他在《美学》中提到这类画作中蕴含着弗拉芒精神的内涵，荷兰人经历过艰难的岁月，因地理位置导致的本国政治缺陷，使他们长期饱受强国的奴役，他们一面要对统治者俯首帖耳，一面又要在恶劣的自然气候下辛苦劳作。然而黑格尔指出，如此艰辛的历史并未让荷兰人变得认命或充满抱怨，反而让他们懂得了简单快乐的意义，让他们尽管面临着历史的磨难与生活的困苦，却一起找到并分享了一种惬意、舒适与满足。黑格尔将之称为“生命的星期天”：即便一周都很辛苦，但我们还有星期天可以用来喝酒、跳舞，不管怎样还是可以相聚。“生命的星期天”甚至与一周的辛苦同样美，“生命的星期天”就是弗拉芒精神的真意，由他们的画作之美所象征。因此，自从读了黑格尔的分析，我就爱上了斯坦因和老布吕赫尔的作品，喜欢上了那些宴饮醉酒的场面和兴高采烈的人们——仿佛之前我就已经懂得欣赏了似的。“生命的星期天”改变了我看待世界的方式，它的意义让我有感于美。许多年过去，我现在已不再想着“生命的星期天”，但我仍然喜欢那些精细、富有色彩的画作；我不再想着“生命的星期天”，但我却懂得了欣赏，就像其他喜欢弗拉芒绘画的人们一样。因为这种绘画的实质，正如黑格尔所说，它的“实体性的内容”是让人们学会看见“生命的星期天”，这也正是黑格尔理论的根本与创新。他提出，美象征的意义并非是为了每个人，您不能为了布吕赫尔或斯坦因画中对您象征的意义而去喜欢这幅画，同样，我也不能为了它在我眼中的象征意义而去喜欢它，否则艺术中就不存在任何真实。您喜欢斯坦因画中乡村的庆祝场面是因为您有感于“生命的星期天”，是因为这“生命的星期天”的真相同时愉悦了您的眼睛与心灵。当然，我们也并非一定要依循黑格尔所说的极端情况，或是认为艺术美象征着一种普遍的真理。为了真正理解黑格尔的思想，我们必须理解为何对黑格尔而言，一切人类历史上的伟大作品都体现出宇宙唯一真理的进步与发展，但这并非我们这本书要讨论的主题。尽管如此，我们仍然要通过黑格尔这种迂回的方式思考，思考美带给我们的参照，思考美的参照让我们终于有能力去欣赏美，思考我们需要多少意义的迂回才能睁开自己的双眼。

比起一些艺术爱好者对艺术纯粹的、外在的迂回感受，我们确实不可能说得和他们同样多。如果弗拉芒绘画无法激起您的热情，那是因为它并非依据您对比例要求或色彩和谐的偏好而创作，并且让您不感兴趣的美也不可能让您变得可感可知，就像康德的论述：如果美，那就是美，美恰恰没有原因，所以对感受不到这种美的人无须多说什么。不论是品味还是喜好的颜色，实际上，我们不做讨论，也无须讨论。

既然美包含价值，那我们就能愈加确信自己需要美，需要美让我们更好地认识自己。如果我们信仰基督，那当我们赞叹巴黎圣母院的雄伟时，当大教堂的建筑让我们仿佛愈加确信自己的信仰时，美就使我们更好地认识了自己原本的样子。如果我们是奉公守法的好公民，那当我们沉醉于《教父》和阿尔·帕西诺的矫健身姿时，美就使我们更好地认识了自己也许能够成为的样子。但无论如何，美永远是通过我本身与我对话，它是一面镜子，映照出了我原本或我希望成为的样子，它有时甚至会映照出我完全不想成为的样子，美让我发现了某种奇特的近似。

当然，黑格尔对康德的美学理论提出过异议，他认为“在人类灵魂中激荡的”是对意义的追寻。美能吸引我们，因此意义能在美的内部有所预感，我们被美与意义的融合虏获，在这融合中，形式象征了深层的意义。维克多·雨果曾经写道：“形式，即是上升至表面的深处。”当美的形式吸引我们时，当它让我们一动不动、赞叹不已时，我们就猜中了上升至表面的深层意义。

虽然我们能“猜中”，但正如之前所说，我们并不需要为了让意义触动自己而对其有所意识。当希腊人驻足于阿波罗神像前，为眼前的景象或和谐的生命赞叹不已时，他们无须有意识地将赞叹表达出来。当我们的猎艳高手兴奋地注视着人行道上走过的美女，注视着她迷人的体态时，他也无须明白这一幕正向他讲述着另一种人生的可能，即便这才是真正让他兴奋的原因。况且如果他真的明白了，他还会像原来那样兴奋吗？在奥赛博物馆，露西的儿子停在梵高的《夜晚露天咖啡座》前，这幅画开启了他通往美的旅程，如果没有这次相遇，如果美没有教会他去保护疯狂的力量免受平庸的理性的侵扰，那么谁又知道之后会发生什么？但是，在那审美愉悦中，在与意义的感性相遇中，这个小男孩是无意识的：他看到的仅仅是画中明亮的黄色和晃动的线条，美通过某种特定的方式来转移人的注意力，它通过自己独特的形式巧妙地创造了与意义的相遇。另外我想说的一点是，我们感兴趣的并非美的危险性，而是黑格尔早在一八三〇年就提出的，审美愉悦中的无意识现象。

也许您还记得，当我们谈到康德应对审美愉悦的谜题时，我们发现十八世纪末的人们已经隐约觉察到了人类心灵中惊人的巨大容量。令人惊讶的是，审美愉悦既非感官上的也非理智上的，但同时审美愉悦又部分地是感官上的，也部分地是理智上的。可以说,审美愉悦使人类的天性以一种奇特的、创新的方式发挥作用，我们的身体与精神原本冲突不休，但审美愉悦在二者之间创造出了一致，在一种内在的和谐中，我们没有一种能力凌驾于其他能力之上。既然这种愉悦既非真正是感官上的，也不完全是理智上的，那么就如康德所说，在那人类仅仅被区分为身体与精神的时代，愉悦需要游戏于身体与精神之间。康德的天才之处也在于此，在那个年代他已发现人除了身体与精神之外还有另一个维度，它既非身体也非精神，这恰恰是美需要满足的部分。在当时的条件下，他运用已有的思想体系与分类来定义这个新的维度，他称之为:“人的各种能力间自由、和谐的游戏”……当我们阅读那些诡秘的文章，阅读康德对美感问题的分析时，我们看到了一个天才哲学家正尝试建立研究的模型，但过程却挫折重重，也许这仅仅因为是潜意识的存在。实际上，在人身上既非身体也非精神的东西难道不正是无意识吗？

我们的猎艳高手突然想到一件痛苦的事，让他立刻停下了追逐路边美女的脚步。这件事发生在他和妻子快要离婚的时候，那天他们坐在沙滩上，面朝大海，紧挨着彼此，海浪缓缓拍打着他们的脚面，当时他的心里涌起一阵温柔，于是他抬起手想把妻子拥在怀里。但他的动作很笨拙，手臂抬得太快，于是手背就不小心撞到她的脸，变成了一个“不小心打到”的耳光……怎么解释这个耳光？这当然不是他身体的问题，他的肌肉一切正常，但也不是精神的问题，很明显他没想过也不愿意这样做。不是身体，不是精神，那就是无意识——“无意之间的动作”能够用无意识解释。所以妻子含着眼泪指责他：

“这不是意外，世上根本没有意外，你恨我。”

“我不是有意的，我发誓，我是想抱你。”他咕哝道。

实际上，他既想拥抱她，也想打她，两种因素都存在。在意识层面，他想让她舒服地蜷在他的怀中；在无意识层面，他是想打她。人们总是在矛盾的情绪中纠缠，这是人类的困境。但是，海滩依旧是海滩，海滩什么都没有改变。

弗洛伊德于一九二九年发表了论文《文明的代价》，这篇论文简短精辟，也正是它让我们之后再也无法像原来那样看待人类。弗洛伊德指出，从我们出生之日起，文明就强迫我们驱逐自身的攻击冲动，虽然这部分是自然的、天生的，但它却不符合社会的标准，压抑它是文明的代价。当然，也正因为有文明的驱逐，我们才得以很快从一种弱小的哺乳动物变为真正的人类，而成为人类的代价就是要强制性压抑人类与生俱来的野性。尽管如此，这种压抑却并未抹杀人类的冲动，它只是让人们在意识中忘记了冲动，通过连续的分层，将冲动转移至每个人的无意识中。压抑的本质是我们不再允许自己在意识中保有与生俱来的冲动，但冲动并未消失，它存于我们体内，我们只需找到一种迂回的方式满足它。冲动在被压抑前是“身体”的一部分，但一旦被压抑，它就变成了“无意识”，变成了人类身体中一种非物质的记忆，就像我们身体的每一个细胞都记得是这种压抑让我们变为真正的人一样。无意识是我们身上的痕迹，它提醒着我们经历过一场残酷却伟大的冒险，在那场冒险中，我们变为人类。但它是以怎样的方式显现的呢？可以说，它是以一种与一切被压抑的冲动，诸如攻击本性、性冲动相联系的能量的方式显现：力比多。您可能会问我，这与美有何关系？我的回答是这有直接的关系。因为我们要为冲动问题找到一种解决方法，而方法确也存在，如弗洛伊德所说的，替代性的满足，找到一种温和的、精神上的方式以满足我们的攻击性。根据弗洛伊德的观点，这种满足正是美能够提供的，他将“美的解决方案”称为“升华”，这也是他的著作中最有效、最具革命性的方法之一。

我们之前提到的种种情形是为了衡量我们过去的分析中存在哪些缺陷，现在，我们只需回到它们之中，去感受露西在车里激动的心情，感受那首法语歌或巴赫的协奏曲的神奇效果；去感受她的儿子站在梵高的《夜晚露天咖啡座》前的那份笃定，那份认定这幅画是为他而作、在讲述他的故事的笃定。我们都曾有过这种感觉，当我们被某位歌手的声线吸引时，它碰触到了某种真实、稀有和深邃，这样，我们是否就能阐明美的神秘了？

从康德到黑格尔，我们懂得了美比“适意”多了些什么。若是觉得一首歌让人适意，我们可能是在承认这首歌并未对我们产生大的影响，承认缺少真正的审美情感。自然之美将自我与世界纯粹地展现在凝视它的人面前，这纯粹的展现远胜于“适意”，康德写道，如果仅仅是适意，那它只不过是一种简单的感官愉悦，而非我们各种能力间的内在和谐。”黑格尔也写道，如果美仅仅是“适意”，那它就不包含意义，也不传递价值。我们会发现，在我们喜爱的东西中，美也许打断并提醒了我们其他价值存在的可能，这些价值也许并不贴近我们，也并不一致，甚至不太道德，无法从“适意”的范围中冲脱出来。但是，我们能从“适意”的范围中争取出美已经很不错了：如今，许多人都希望把审美愉悦削减为某种快乐的经验，仿佛可以将审美愉悦等同于听到一首有氛围的歌时的感受，仿佛自己穿着优雅、喷着香水走进一家商店就能产生一种强烈的审美经验——仿佛与美的相遇能够被削弱成在慵懒氛围中的某种舒适。

但是，我们需要明白虽然这“真实、稀有与深邃”超越了适意，但它并不足以阐明美的神秘。在康德看来，我们相信自己已经在人类和解的天性中看到了“这种深邃”；在黑格尔看来，我们是在变得可感的真理中看到了“深邃”。也许，我们这里研究的进展能够稍稍更正康德与黑格尔的观点，以此来略微接近审美愉悦之谜。

露西被困在拥堵的路上，精神紧张，险些被打败，突然，米歇尔·贝吉的歌声让她平静下来，是因为她的天性真的“和解”了吗？在这一刻，我们真的能够确信她“已与自己和解”？我并不这样认为。我更愿意认为这与自己的和解突然重新变成了一种希望，和解突然成为可能，即便它并未真正发生。审美愉悦，就是隐约看见了与自己的完全和解，它并非已经发生，而只是看见了一种可能性。同样，当露西的儿子着迷于梵高画中浓郁的黄色时，我并不认为他像黑格尔所说的那样看到了真理——生命、人类境遇的真理变得可感，或让他面对了人生的意义、看到了人类的境况……更可能的情况是，他隐约看到了这种意义，它在他将要抓到的时候逃离了他。换句话说，美虽然给予了某个意义的可能性，但美最终并不会传递意义，就像美预示了一种与自我的和解，但实际上这种和解并不可能。为何和解不可能？为何美的意义只能逃离？

因为，我们虽然围绕在“这种深邃”周围，但这种深邃或许比我们所说的要更深：如同力比多一样深——甚至比力比多更原始，以至于我们不想看到，也不能看到。

第三章

升华力比多

我们需要美以精神的方式满足我们被压抑的攻击冲动和性冲动。在某些情况下，我们之后会具体讲，与美的相遇能让我们以文明的方式表现出恰恰是文明禁止满足的某种暴力。因此，我们或许能理解为何美会如此吸引我们，如果弗洛伊德的观点正确，那么美是在以被社会许可，甚至赞许的方式，为人类谋得了与文明禁止的一切相遇的机会，它允许人们与内心激烈暴力的一面相抗争，而这通常是不被文明允许的。通过唤起审美愉悦，美为我们提供了一种可能，一种附着于人类文明生活却又超脱之外的神奇可能：美因此成为释放激烈且无意识的快感的契机。而且，弗洛伊德进一步说道，这种快感在艺术的创造者与观赏者身上同样强烈。

在写下这段文字时，我突然想到自己在看到毕加索的《哭泣的女人》时感到的悲伤，那是一种苦涩，甚至令人愤怒的悲伤……我的孩子们当时也在，这几个小小艺术鉴赏者仔细地看着画中的色彩与线条：朵拉，那个哭泣的女人。“哦！多漂亮的画……”我们和其他家庭一起，在这个周日徜徉于博物馆中，驻足于天才画家的伟大作品前，这可是相当讨喜的做法，毕竟大人们看到了毕加索，孩子们也看到了喜欢的色彩和线条。在马德里，我也曾经在索菲亚王后博物馆有过类似的不快，当时我站在毕加索的《格尔尼卡》前，周围恰巧也有几个法国游客，我听到了他们谈话的只言片语：“介入式艺术”、“和平的讯息”……一切都是最美好的文明世界中最好的：这幅画多么美，又传递着人道主义的讯息……但是，我们却忘记了画的本质，忘记了野蛮与残忍，我们不愿看到这些，甚至我们站在那里就是为了不要看到这些。我当时应该把我的小女儿搂在怀里，对她说：

“你看，朵拉哭泣是因为毕加索是个野蛮人，是个魔鬼，他吞噬着那些他爱的女人，尤其是朵拉，对，这个朵拉和你看的动画片里的主人公是一个名字，没错，就是那个探险家朵拉。朵拉的眼泪是真的，她的抑郁也是真的，甚至雅克·拉康都没法治愈她，所以她最后自杀了。你看，这幅画中的女人真的在哭泣，但对于所有像我们一样在看的人，当我们经过的时候，我们对待她就像对待其他油画一样，我们甚至没有想到她的哭泣，为什么？因为我们暗暗允许了天才去做魔鬼，以此换得他对文明做出的贡献。我们不愿意看到赤裸裸诱惑我们的东西，但在无意识中，这幅画吸引我们的正是这女人哭泣中隐含的暴力，或是那个让她哭泣的男人身上的暴力。因为毕加索通过艺术，以文明且社会化的方式，给我们权利去表达内心深处反社会的、具攻击性的、性欲的暴力，而这暴力正是文明迫使我们去压抑的，但在博物馆的围墙里，文明将暴力升华后展现在我们面前。至于《格尔尼卡》中和平主义的‘讯息’，当我们站在画前体会毕加索表达的和平介入或反对轰炸平民的思想时，我们怎么可能没发现自己也被毕加索画中的线条和语气唤醒，发现自己也在其中满足了自身具攻击性的、好战的冲动？怎么可能没发现毕加索应共和政府之邀画下这幅表现和平主题的巨幅油画的同时，其实也升华了自己的力比多，升华了自己反社会的攻击性心理？很明显，我们只能以间接的、侧面的或升华的方式，也就是以文明的方式来满足自己的隐秘欲望，所以这就是为何一切都是在最美好的世界中最好的。我们还是孩子的时候，文化就强迫我们压抑一切不利于它的东西，但现在文化给了我们机会，让我们花一个星期天在博物馆满足已久久埋藏于心底的另一种生机，那是在我身上埋藏得比你还久的生机，让我们去补偿它、弥补它，虽然我们自己都没有想到过这一点。”

我本该这样对我的小女儿说，但我却没有。孩子们在展厅里跑来跑去，一位管理员提醒我们注意秩序，告诉我们这里不能乱跑，之后我们就出去买冰淇淋了。

对于那些认为这种看法过于消极的人，我们只需反驳说弗洛伊德在经过几十年的临床实践，在他诊所的长沙发上倾听了无数男男女女的诉说后，才于二十世纪三十年代提出了这一理论，这也正是他与其他关心这一问题的哲学家不同的地方。举例来说，卢梭将文化定义为使人从初始状态变得更好的去自然化进程，他发展出自然人的概念，这仅仅是种假想——一种“原型假想”。康德认为人性本恶，文化的进步作为道德的力量让人从恶的本性中挣脱出来，康德虽然博览群书，并且最终总结出自己的理论，但他对个体案例的研究却相当有限。弗洛伊德对人性本质的研究完全是另一种方式，在长达几十年的时间里，他每天都和病人在一起，倾听各种人讲述自己的痛苦，并尝试解答哪里出了问题，定义到底发生了什么。他的病人们因某个不为人知的遭遇而僵坐在诊室的长沙发上，身体扭曲、面带苦笑，过着无法诉说的残破生活，因此当他在一九二九年表明人类是被内心既针对他人又针对自己的各种形式的攻击性纠缠时，他知道自己在说什么。当然，弗洛伊德在之前二十年已有一个对人性较为乐观的解读，他当时认为精神分析法能够治愈大多数神经官能症，甚至相信当患者意识到自己某些被压抑的欲望后，他们疾病的症状会奇迹般地消失。但之后《文明与缺憾》却见证了这一乐观主义的幻灭，他的悲观主义是从题为《超越快乐原则》的著作里开始的，他发现虽然患病在自我意识中显然令人不快，并且客观上患者要经受病痛的折磨，但若一个人紧握自己的病征不放，不愿自己被治愈，那是因为病征的不断出现在无意识中带给了他一种愉悦——否则他的病痛肯定更容易治疗。《超越快乐原则》这一标题源自何处？如果我们将追逐愉悦置于一切之上，那么我们一定更容易战胜让我们饱受折磨的疾病，但我们身上有一部分却是“超越快乐原则”的，它无意识地追逐不幸，追逐不断令人痛苦的东西。自此，我们无法再继续追随帕斯卡尔《思想录》中的解读,或是追随大家公认的“所有人都希望过得快乐，即便是将死之人”。弗洛伊德将我们的这部分命名为“死的冲动”，它与“生的冲动”相对应，我们可以简单理解这是一种在人类种族演化过程中传承下来的原始攻击性的表现。弗洛伊德指出，这种攻击性既会针对自己，也会针对他人，我们既想要对自己作恶，也想要对他人作恶。文明禁止我们攻击他人吗？是的，所以我们只能攻击自己！我们会不断重复做出病态的行为，阻止自己获得幸福，或是会生出一种强烈的犯罪感，觉得既然我们无法攻击他人，那就抑制这种欲望并将之以道德谴责的形式转移到自己身上。这种犯罪感有不同的程度，我们都已认识到这一点，它本身也是“文明的缺憾”的一种主要表现形式。弗洛伊德进一步说明，如果我们即使没有作恶却同样感到有罪，那是因为我们作为文明社会的动物，意图作恶的犯罪感与真正作恶时一样强烈。

因此，弗洛伊德问道：“文明需要依靠哪些方式来抑制这种攻击性？”“这种攻击性被‘吸收’、内化，但实际上它同时也在走回它的出发点，换句话说，它是要回去对抗自我，在那里，攻击性被自我的一部分，即‘超我’重新掌握，并与自我中其他的部分对立。之后，它以‘道德意识’的身份、以自我本来喜欢从跟外在个体的对抗中得到满足的同一种强烈的攻击性来对抗自我。而我们把在严厉的超我与受制于它的自我间的紧张关系称为‘有意识的罪恶感’，这种紧张会以‘惩罚的需要’的形式表现出来。文明通过削弱、缓和个人危险的攻击热望，并像在被占领城市驻军一样通过个人自己的迫切要求来监控，以此控制了它。”因此，人类这种文明动物生活在这充满悖论的现实生活中，我们驯服了自己的野性，但这场胜利也让我们变得脆弱不堪，仿佛让我们成了胜利的牺牲品。尽管如此，如果要评价的话，这也是一场相对的胜利，因为到现在我们仅仅分析了一半。

您还记得露西当时在车里的情况吗？就在她再度听到米歇尔·贝吉的《沉默的一分钟》的副歌前，就在那迷人的声线和舒缓的节奏让她的灵魂重新温暖起来前，前面的车突然急刹车，吓得她赶紧踩刹车，她的手紧紧握住方向盘，浑身气得发抖，背好像也更痛了。我是不是忘了告诉您她当时在吼什么？她说：“去死吧！混蛋！混蛋！”现在，我们来看一段弗洛伊德的分析，这段分析出自一九一五年出版的《目前对战争和死亡的看法》：“每天、每时、每刻，在潜意识里，我们都把让自己感到尴尬、受伤或被冒犯的东西隔绝开来，当我们心情不好时，嘴里常常会溜出来一句‘让他见鬼去吧’，实际上我们想的是‘让他去死吧’。这是在无意识中一直存在的强烈的死亡欲望。此外，我们的无意识甚至还会抹杀掉那些毫无意义的事情。”弗洛伊德的分析很简单，在之前提到的情况中，露西的确是真的希望杀掉前面那辆车里的司机，这不是玩笑话，但她无权这样做。正是这种自她出生起就逐渐内化成为体内一部分的“禁止”，使她从哺乳动物变成了真正的人，因为她生活在一个充满各种规范与束缚的文明世界里，所以她的各种原始冲动中的很大一部分自出生时就被禁止：禁止谋杀他人；禁止攻击他人；禁止看某些东西，尤其是爸爸妈妈在房门背后做的事情；禁止打断妹妹的鼻子，虽然那个邪恶的生物在自己出生三年后就一直纠缠着自己；禁止单独“拥有”爸爸，因为爸爸对妈妈的感情与对自己的感情不一样。这一切自然却被文明禁止的冲动，这一切具攻击性的、性欲的、反社会的冲动都被她埋藏起来，埋藏在她看不到的内心深处，她甚至都不再感觉得到。弗洛伊德将这种无意识命名为“本我”。但是，因为攻击性依然存在，攻击他人的欲望依然存在，所以她只能攻击自己，这也让她深深感到罪恶。比如，当她回到家发现丈夫再也看不到她的疲惫、再也看不到她的美丽时，她肯定有几次想杀死他，她当然还爱着他，但这也阻止不了恨意的产生，虽然她的意识已在尽力阻止，所以她不知不觉地在心中强烈的罪恶感驱使下斥责自己、鄙视自己、惩罚自己，这就是“文明的缺憾”。为何米歇尔·贝吉的歌声能带给她弥补缺憾的方法？为何美的感受能够满足被压抑的攻击性？为何美能将她从罪恶感中拯救出来？这是因为人类的冲动是灵活的，它可以找到另一个事物以取代自然预设好的事物，以满足自己的需求。可以说，发现人类冲动的可塑性是弗洛伊德最伟大的发现。

人类是唯一能够通过非攻击性的方式满足自己的攻击性的生物，是唯一能通过非性的方式满足自己性冲动的生物。我们无法想象狮子能以非攻击性的方式满足攻击性，也不可能想象兔子以非性的方式满足性欲，因为动物的本能是线性的，并且指向天性已固定的明确目标，无法偏离。但人不同，人的冲动是可变的，可以偏离自己的第一目标并重新锁定一个新的、非天性的目标，或者说，锁定一个文明许可的替代品。当然，既然人类的冲动，攻击性的、性欲的、占有欲的，能够偏离最初的目标，那么这种冲动首先应该是被压抑和禁止的。因此，这种能量，即力比多，将被投射到审美愉悦里，审美情感也被定义为对被压抑的性冲动或攻击冲动的升华，是对自孩提时代起文明就强行禁止我们碰触之冲动间接的、精神上的、文明的满足。我们现在能够理解为何弗洛伊德把“升华”当作解决“文明的缺憾”的方法，缺憾源于“本我”与“超我”的冲突，源于社会规范与个人需求间的冲突，缺憾也源于身体中一部分阻止我们表达反社会的冲动，另一部分却不断追求得到满足。正是这一冲突让人成为人，但同时，它也在不断磨耗、撕扯着人。审美情感的强大就在于：在审美情感中，在这短暂的愉悦中，冲突仿佛停止了，第一次，“超我”允许我们满足“本我”的追求，“本我”的一切被禁止的冲动建立在了“超我”之上。第一次，我们似乎躲过了这造就了人类的冲突，似乎摆脱了自人类出生起就如影随形的人生悖论……

康德认为审美愉悦是身体与精神间冲突的终

结，同样，弗洛伊德也认为审美愉悦是人性冲突的休战协议，但却是“本我”与“超我”间冲突的休战协议。让我们回到先前已经达成的共识：我们需要美，好隐约看到我们几乎不可能实现的内在和谐。但也许那一刻看到、感到的和谐会让我们疯狂，让我们似乎实现了拯救自己的诺言。现在，请您想想自己内在冲突的力量：一方面，您的攻击性自出生起就被压抑，您天性中向往的占有、独有的爱都被禁止并被迅速内化在文明的规范中，您每天的压抑都被累积在了内心的攻击性里，聚积在了每一句“我恨你”、“去死吧，混蛋”之中，它在每一次罪恶感中爆发，攻击性需要找到表达的出口，一切的冲动最终都需要得到满足。另一方面，社会的、道德的理想，“超我”的声音在有意无意地束缚着您，告诉您“应该做什么”或“不该做什么”。弗洛伊德的论文有其独到的地方，他认为，当您折服于一幅画的美时，您心中被压抑的冲动就在画中得到了满足，而这种满足不仅是被“超我”容忍的，而且是被看重的，仿佛您被压抑的攻击冲动或性冲动被美唤醒了，被包裹在美之中得到了满足，这一切在博物馆这一社会空间中都是被许可的。文明提供了一个空间，并在这里满足了被它禁止的东西，这是审美愉悦的魅力。我发现，曾经因为卫道者对《格尔尼卡》的评论而感到生气是多么不智，真正令人惊叹的是文明使出的诡计：通过艺术家的斡旋，文明将我们的攻击性变为精神上的激动，而我们却并未察觉自己在很大程度上参与了这个魔法。

无论如何，我们都只有一次生命，正因为如此，我们才要感受美，得到审美愉悦：我们只有一次生命，但生命可以改变形式，换种样子；我们只有一次生命……与其这样说，倒不如说我们只有一次生命的能量，而这能量就是力比多。我们很难想象这种能量既来自我们的攻击性，又使我们成为聪慧、高贵的人，攻击性一直被压抑，但通过升华，我们又得以见到伟大、天才的艺术作品。现在，我们能更好地理解自己面对这些杰作的创造者时的感情：那是认可，以及由衷的感谢。没有他们，我们不可能将自己的渺小变得伟大；没有他们，我们不可能看到自身渺小与伟大间的联系，发现自己依旧处于分裂之中；我们依然会感到“有罪”，因将“无用的”、被禁止的攻击性囚禁于心中而感到有罪，因再一次将攻击性转向自己而感到有罪，因自己的四分五裂而感到有罪。但是，自美触及我们的那一刻开始，我们感到，自己终于真正被拯救了。

我们应该让露西的儿子看看上面这几行。他在听电台司令乐队的《讨厌鬼》和缪斯乐队的《新生》，流行乐的歌词让他感到舒服，这其实是因为他心中一切狂躁的情绪终于被允许表达，而就在被允许的这一刻，狂躁转为了平静。他感觉到，他的攻击性并未因要为精神的愉悦腾出空间而被赶走，相反，攻击性转化成了一种精神的高雅方式，这不是一回事。正是因为失去了多少，所以就找回了多少。他在网站上又听了十遍缪斯乐队的《新生》，看着他们站在温布利球场舞台中央享受着台下数万歌迷疯狂的热情。您应该看看他们的眼睛、他们高举的手臂、他们紧贴着额头的双手，您也应该看看台上的歌手，是的，那是一种认可。在这里，我们可以看到两层意思。

首先，是感激，是无限的感谢。当音乐响起时，所有人都被拯救，或者起码所有人都似乎被拯救了。只要看看大屏幕上缪斯乐队主唱的身影，我们就不会怀疑正是我们的伤口成就了我们的伟大，正是我们的渺小成就了我们的伟大，也正是“我们只有一次生命”成就了我们的伟大。当我们的渺小变为引燃伟大的火种，一切都被拯救了，所以，谢谢。除了谢谢，我们还要对这些改变我们的艺术家说些什么呢？没有他们，我们该怎样面对自己的渺小？

没有他们，我们又该怎样面对自己的狂暴？当我写下这几行字时，我的耳边又响起了滚石乐队的《野马》，当我需要冷静时，我总要听听这首歌，我也一直对它能让人平静的神奇功效惊叹不已。我曾经以为《野马》能够“消灭我的怒火”，但我错了，现在我才明白，如果说音乐平息了我们的怒火或狂躁，那并非音乐赶走了这些情绪，而是音乐允许并接受它们的存在，为它们提供了一个崭新的目的地。

其次，是对我们看到的这些人类同胞的天才的认可。作为艺术的创造者，他们突破了常规，但同时他们又是典范，他们以艺术的方式将渺小的生命转化为伟大的作品。虽然他们的创造与我们不在同一层面，但却激发了我们改变自己的希望，让我们把自己从污泥变成了黄金。这难道不正是一首美妙歌曲让我们摆脱悲伤时带给我们的转变？除了无谓地试图赶走悲伤，我们还能怎样转化它？这也许就是我们在难过时，听听伤感音乐能够减轻痛苦的原因，它们能够证明我们可以对自己的悲伤、痛苦或脆弱做些什么。如果说美能够治愈我们的悲伤，即便不能最终“治愈”我们，它也能帮助我们更好地与悲伤相处，更好地去感受悲伤。

弗洛伊德关于升华的论述精彩绝伦，可惜他的离世中断了这一理论的发展。现在，让我们试着以化学变化的方式，而非机械分离的方式来看待生命，我们会发现人性并非由分割开的各部分组合而成，我们不应该为了使“善”增长就隔绝“恶”，也不应将人的天性与社会文化相分离。相反，我们应当找到将“恶”转变为“善”的条件，社会文化是可变的，人的本性是可升华的。不论是露西想“杀死”那个“混蛋”时，还是不久后音乐让她找回内心的希望与宁静时，这同样都是她的生活，是她唯一的一次生命。同一次生命，但是不同的形式：一种是天然的、未经雕琢的形式，一种是升华的、文明的形式。在米歇尔·贝吉写下《沉默的一分钟》的那天，他也为我们留下了一次转变的机会：我们需要美，需要美让我们内心的“恶”转变为“善”。

通过对列昂纳多·达·芬奇的研究，弗洛伊德发展了“升华”这一概念。通过对达·芬奇书信集的分析，弗洛伊德发现他的画作是对他幼年生活的重现，他在一九一〇年提出的理论可谓具有革命性的意义，他认为，达·芬奇幼年所受的抑制，尤其是对恋母情结的抑制（表现为对某些冲动的极度压抑）与这位艺术家及其伟大作品有着直接的关系，他的童贞和压抑的同性恋倾向也与日后成为伟大的思想家并预见前人从未预见的事物密切相关。此外，这种关系也是必要的，弗洛伊德在《列昂纳多·达·芬奇的童年回忆》中曾写道：“只有经历了这样的童年，列昂纳多·达·芬奇才画出了《蒙娜丽莎》和《圣母子与圣安娜》。”这位天才的灵感并非来自他的缪斯，也并非上天的馈赠，而是源自他的童年，通过他巨大的、超乎常人的，甚至诡异的能力，他将被压抑的冲动升华，他的天才源于两种强烈的能量——极强的压抑与极强的升华能力。只有前者没有后者的人只会走向疯狂，天才总是勉强躲过疯狂，而要成为天才也只能近乎疯狂，然后再被他的艺术、他的升华所拯救。达·芬奇同样也“只有一次生命”，作为伟大的画家以及天才的学者，他的人生却起源于幼年作为私生子的内向、受抑制的生活。他的伟大源于他的渺小，这并不意味着他的伟大会因此减少一分一毫，对科学的研究与幼年时探索人类来源的热情一样无法熄灭：您可以想象，这个小男孩当时有着怎样强烈的愿望去了解人们怎么生小孩，去了解性爱的秘密，即便是在饱受压抑的环境下，在欲望与受禁的双重重压下，这种愿望依旧无法熄灭。被压抑的求知欲构成了力比多的能量，之后转移到了精神的激情上。因此，也难怪弗洛伊德会借用化学中的“升华”一词，以这种事物从固态变为气态的过程，如冰变为水蒸气，来说明虽然形态可以变化，但水依旧是水。

通过弗洛伊德的研究，我们会发现有多少科学探索的热情或创作的灵感都是源于性压抑，但是，他的分析却并未穷究天才的奥秘：我们很多人也经历过儿时沉重的压抑，但并未使我们变成像达·芬奇一样的人物，弗洛伊德也意识到他并未触及天才的谜题。其实这样刚刚好，他知道人们会指责他，正如他自己所写的：“把崇高拖进了尘土。”其实不是“拖”进尘土，他只是简单说明天才源于“尘土”，天才只是懂得如何将尘土变为崇高之物，正是这点让他的作品闪闪发光。他是怎么做到的？弗洛伊德不知道，任何人都不知道。通过个人的冲动，达·芬奇画出了众多伟大的作品，而正是在这些画中，我们认识了自己；通过个人与私密，他创造出了普世与宇宙。当然，“怎样做到”的问题肯定没有答案，在弗洛伊德提出的观点中同样没有答案。

弗洛伊德精神分析的个体研究和总体研究是他所有研究的意义所在。一种观点不可能解开奥秘，尽管他的研究揭示了一部分真实，但他却留给了我们更加迷雾重重的神秘。理性的分析与神秘并不冲突，相反，二者通常会共同向前推进：我们理解得越多,神秘就越深。阿尔伯特·爱因斯坦曾写道:“世上最美好的感觉，就是神秘的感觉。”而一切生命正是因为对神秘怀有理解的欲望而不断地在发展变化。

无论如何，如果我们在别人的作品中重新认识了自己，那么我们与这个人一定有着某些相似之处。我们没有达·芬奇的天才，但我们同他一样都有被压抑的冲动，比如攻击性的、性欲的、占有欲的冲动，也都拥有想知道我们无权得知的事情的欲望……弗洛伊德进一步说明，达·芬奇的天才并非是将冲动压抑，而是将之发泄，他有自己的经验方式，能够将冲动升华，否则，他势必会被这冲动摧毁。总而言之，达·芬奇的天才并不会阻碍我们与他的亲近，他以一种极端的方式提出了所有人身上都有的人性问题。文明如何能强迫我们压抑天性的一部分？美如何让我们升华之前被压抑的东西？虽然达·芬奇比我们升华得多，但当我们被像《圣母子与圣安娜》这样的杰作虏获时，我们同样也能升华自己被压抑的冲动。达·芬奇作画的缓慢与细致众所周知，仅以《圣母子与圣安娜》为例，这幅画在不断的修改与调整中整整画了八年，一直到他去世都未能画完。八年间，他不断寻找着最完美的形态与光线，单从他众多草稿中就可以看出他的画笔是如何不断地摸索、寻找、精炼和调整，直至最终找到并固定下来。达·芬奇究竟在被什么东西困扰？他究竟在围绕什么不停探索？他在追求怎样的准确度？他想要赋予这形式的是什么？我们理解弗洛伊德分析中的激进成分，毕竟对于相信达·芬奇的天才是源于上天以及缪斯的人来说，弗洛伊德的分析无疑是个巨大的丑闻，因为弗洛伊德指出，达·芬奇的天才既不源于《圣经》的旨意，也不源于法国国王的命令，他的天才是源于他害怕将自己的内在暴露于画作之中，源于害怕画作成为抒发自己被压抑的性冲动的方式。如果我们感到了《圣母子与圣安娜》的美，那并非因为首先展现在我们面前的画面——面容安详的圣母马利亚横坐在她母亲圣安娜的腿上，马利亚充满爱意地弯腰，想探身向前扶起与羊羔玩耍的爱子耶稣，而是因为我们同样有着达·芬奇身上的冲动。我们或许不会对画中三人由上到下交接的目光，或对盘旋而下的结构有多少感触，但我们可能会对隐藏于目光之后的东西更加敏感……如果我们感到愉悦，那是因为我们借助他的画作，通过其中那些经过不断探索才找到的形态的美，通过其中转化了如此多力比多的美，我们得以升华了自己被压抑的冲动。

因此，弗洛伊德反对我们之前提到的黑格尔的观点，他认为作品的美并非因为它的象征意义，而是因为它为人带来了无意识的愉悦。站在《圣母子与圣安娜》前所感到的愉悦并非因为我“活在了意义里”，而是因为我以精神的方式满足了自己被压抑的天性，这幅画的美并非是因为它描绘出了上帝或爱，而是因为它让我终于有机会表达了我的一部分，这正是我所期待的。当然，画中描绘的上帝或爱依旧有其存在的价值，这种表达为我提供了必要的空间，使我在其中终于真正被允许获得无意识的快感。上帝的存在仅仅是个屏障，它使我满足自己被压抑的攻击冲动或性冲动成为可能。现在，我们会更加理解美会吸引我们的原因：因为美向我们展现了某些东西，但同时又向我们诉说了另外的东西，它向我们展现了安详的圣安娜与面向圣子的圣母，但同时又向我们诉说了我们自己被压抑的、无意识的冲动；它向我们展现了色彩与线条的和谐，但同时又触及了我们内心深处反社会的、不成形的冲动。总之，美吸引我们是因为它让我们得到了消遣，并使我们转移了注意力，它通过形象的或将价值象征化的游戏，像弗洛伊德所说的“像走私一样”，让我们得到了满足内心深处无意识快感的机会。

“世人啊，我很美！像石头的梦一样”，这是波德莱尔写下的著名诗句，《圣母子与圣安娜》的美也“像石头的梦一样”：圣安娜与圣母在岩石之上，身上的衣袍轻盈地展开，背后是重峦的山峰，她们的面部被永恒的光晕笼罩，这完美的构图、比例和色彩让这幅画名垂千古。但在这“像石头的梦”的背后，在这沉静的美背后，是力比多在激荡并随即得到了满足。美使得注意力转移：在它为我们带来的有意识的愉悦中，隐藏并满足着无意识的快感。

我们需要美，也许是因为我们只能以曲折的方式触及自己的本质，是因为我们无法当面正视自己冲动性的本质。因此，美必须存在，因为正是美使出的诡计让我们终于能够面对自己的本质，这正如尼采所说："我们有了艺术，依靠它我们就不致毁于真理。"

更棒的是，当我面对这幅达·芬奇的杰作时，我也在面对着这种转化可能存在的证据，甚至是在面对着升华成功的确凿证据。他成功了，虽然我的认知没有察觉，但我确切地感觉到了，是的，列昂纳多·达·芬奇成功地将烂泥变为了黄金。那么，为什么不是我呢？这正是一切真正美的感受对我的暗示：我也一样能够将烂泥变为黄金，我也一样，来自尘土……这样，升华向我张开了双臂。

之前谈到审美愉悦的未解之谜时，我们评论了亚里士多德学说中的"卡塔西斯"这一概念，认为是对我们身上过度的暴力的“机械式”清洗。弗洛伊德的理论为我们的评论增添了新的论据。如果“卡塔西斯”的概念是还原，那是因为这一概念预先设定了对人性的机械看法，这正是弗洛伊德批判的，这就像是要使我们内心深处的反社会暴力“喷涌而出”以使它变得更好似的。当我们按照弗洛伊德的说法，将人性看作是化学的变化而非机械的，那么我们就会明白审美情感不是一种清洗，它反而更像是一种净化。当然,弗洛伊德认为“卡塔西斯”这一希腊单词可以译为“清洗”……但也可以译为“净化”！当亚里士多德在《诗学》中提到戏剧的美为洗去我们过度的暴力提供了可能时，他也同时意识到，戏剧同样是把暴力转换为其他的东西，即“净化”它,而非单纯地“清洗”它。在这种情况下，如果把“卡塔西斯”当作“净化”而非简单的“清洗”，那就可能为“卡塔西斯”这一概念平反，并且将审美愉悦定义为一种必要的“卡塔西斯”。我们不需要美来“清空我们的脑袋”，或是简单地抹掉过剩的东西，美带给我们的不仅仅是一次剧烈运动。我们需要美，需要美让我们经历不一样的生活，让我们以更完整、更完美的方式显现于自己面前。如果稍微拓展我们的说法，兴许我们可以说：美帮助我们迎接自己生命的运动，而这种运动可以通过不同的方式最终达成一致。

在讨论力比多能量的升华运动前，我们可以先来谈谈没那么深层的东西，比如我们的感受。我们为何会被天空变幻莫测的美打动？为何会着迷于那色彩与光线的无穷变化？难道这种变化不是我们的内心、心情或感受的写照吗？印象派画作，如莫奈的鲁昂大教堂系列或睡莲系列，他会画数十幅同样的场景，只为了同一个动机，即将自己的感受中光的微妙变化以可视的方式呈现出来。同样，这其中也涉及了转化，因为美，我们得以迎来内在的真正改变。即使黑格尔总是认为艺术美优于自然美，但我们依然发现他的思想中至少承认了自然美起码能“感发心情和契合心情”。这里的讨论涉及我们被压抑的冲动、简单的“感受”或我们的“心情”，我们需要美，不论是艺术的还是自然的，需要美让我们接受在内心深处有“东西”在运动、改变、进化，在建立联系以及解除联系。总之，在内心深处有“东西活着”。当然，这也是我们的爱情故事和内心的痛苦教会我们的，那就是爱情的暴力会出现，然后绽放，最后耗尽，它会一直存于我们内心深处，甚至很多时候存于我们的痛苦之中。但确切地说，虽然有时会有些难以接受，但我们却感受到美的需求对自己产生的影响。我们要听悲伤情歌，因为它能帮我们拥抱内在“东西”的运动与激荡，在审美情感中显现的正是这内在的生命：我们希望借助美的名义生存下来，以间接的、健康的、精神上的、复杂的、明确的方式表达自由。

弗洛伊德将这“内在的生命”命名为“力比多”。但在精神分析领域也存在着其他说法：斯宾诺莎将其称为“欲力”，尼采称之为“权力意志”，柏格森认为是“生命冲力”。斯宾诺莎认为“欲力”促使每个存在“自我保存”。要想更好地理解这句“一切存在都在努力，尽其所能地自我保存”，我们只需看看尽情奔驰的骏马即可。“存在，是自我保存”，看它那有力规律的步伐，感受它赢得胜利的喜悦，观察它的失败以及情绪的平息，这一切都是它为“自我保存”付出的“努力”。但我们的存在比马的存在略微复杂，对于人类，美带给我们的奇怪的愉悦也许是“自我保存”的其中一种方式，即忠于自己的生命。尼采在《查拉图斯特拉如是说》中写道：“你看，生命说道，我就是必须一直超越自己的。”生命的能量在靠自己供给，它的流动依靠自身运动的能量，并且能够不断改变自身的形态和强度。我们需要美的感受，需要它使我们的生命能够继续转化，切实地改变形态，使我们在被美触及的一瞬就变得更强。没有美，这种生命将只能在内心深处暗暗等待显现或转化的时机，但这种时机却可能永远不会到来，最终，我们没有完成，会变得不完整、不幸福，并且充满罪恶感。

现在，让我们说些更为简单的东西：我们需要美以体会到自己的不同，当然，我们不同于马匹，但更重要的是我们不同于机器人。在我们生活的这个时代，报纸杂志难道不是经常打出类似“与化学一见钟情”或“仇恨的基因”的标题？难道人类的激情是靠基因或分子这种真正“物质的”聚合来实现？难道神经系统科学的发展没有要让人类机械论站上制高点的趋势？我们难道不是生活在一个越来越容易做出无意识的机械举动的时代？难道我们不是在服从各种语音提示，把具有人性的提问转换成“请按星号键”和各种数字的组合？即便我们足够幸运，打给了服务台或接线员，终于打给了一个活生生的人类，最常见的情况难道不是发现他的回答也已事先编排好，只要照着念，而且不能自行更改，难道这不是与机器通话一样？这种程式化的蔓延在一点点吞噬着我们的行为、我们的政府以及我们的日常生活，您可以想象一下，藏在各种程式化背后，人变成了机器，变成了被抹去人类主观性的存在。我们为何会如此轻易就接受了这一切消灭人性的行为？也许我们真的不像自己声称的那样与人性紧密相连……也许我们内心的一部分还会高兴，因为终于能摆脱人性的重负，让我们不再痛苦、怀疑、犹豫或在它模棱两可的重压下扭曲变形，甚至高兴于终于摆脱了“内在生命”的重负……

但是，当美触及我们，我们会感到自己除了“变成机器”外还会那么向往其他的东西。美突然出现在窗外，天空露出了淡淡的紫色，它的出现毫无预兆，它穿过围墙，穿过拥挤的车流，直直映在教堂的墙面上，审美愉悦告诉我们：我们不要做机器人，我们依然爱着自己复杂的、痛苦的人性。即使它主观的重负常常让人不堪负荷，但我们依然愿意带着它。美仿佛能治愈我们的厌倦，缓解我们对人性的疲劳，美仿佛让我们重燃起作为人类的愿望，即使人类的生命中包含着太多模糊与困难。也许当明天我们只是电子人，装着义肢、起搏器或人造肾脏，乃至变成了完美的机器人时，当我们的能力被程序控制或是被化学作用管理时，当我们存在的混乱被一系列神经的重新连接抚平时，也许到时候就只剩下审美情感在提醒我们，我们曾经是人。

通过弗洛伊德的升华概念，我们发展了自己的观念，并且最终得出了结论，我们认为美允许让生命的表达充满人性，认为弗洛伊德“将一切归结于性欲”是在描绘人类冲动的兽性，实际上这个观点忽略了弗洛伊德理论的核心：即人类冲动与动物本能的区别在于人类能够将冲动升华。所有人都是“邪恶的”，但可喜的是，邪恶的趋向并不是邪恶的行为，这表明人能够将天性中的冲动进行转化，也就是升华。这可远远不是把人看作仅仅抑制了攻击性冲动或性冲动的禽兽，相反，人类懂得如何以简单的、美的形式带给自己满足。对于弗洛伊德本人，最好的形式是绘画，之后是雕塑与文学，他曾多次承认自己对音乐无感，比如他觉得瓦格纳的歌剧《歌唱大师》至多算是“适意”，而且他对《尼伯龙根的指环》完全无感！颠覆无感状态是无意识下的方式，是用来保护自己免受更深层的颠覆，音乐或许能够起到这种作用。根据弗洛伊德的理论，我们运用升华的概念取得了一定的自由，并能够以此靠近自己强烈的音乐感受。同样，这也是哲学的魅力，即敢于抓住自己的自由。现在我们来深入探讨这一点。

当我们面对自然美时，当眼前的美景让我们屏住呼吸时，难道我们没有体会到一种力比多的满足？当然，弗洛伊德无法证实这种假设，对他来说，如果一幅油画能升华我们的力比多，那是因为这位画家在画下这些线条的同时也将自己的力比多投射其中，而在其中就存在着与我们的力比多相通的地方。在弗洛伊德看来，通过艺术美，一个人得以向其他人诉说，美伸展开来，变为连接我们的桥梁，脆弱却令人赞叹，它就像爱情与文化一样，联结了有相同缺憾和升华需求的人们。因此，当我们面对崇山峻岭的风光时，我们不可能产生和面对《蒙娜丽莎》时同样的感受，那么，为何自然美的千变万化依旧能深深地触动我们呢？

抛开弗洛伊德的理论，我们难道不能设想一下，自然美的形态同样能够满足我们的力比多？在成人身上，自然美唤醒了他们曾经的“孩童时代”：在学会说话前，世界仅仅是众多的形象……我们曾经都躺在婴儿床里，或是被抱在大人的臂弯里，环绕我们的世界充满了变化的、神秘的形象。但是，幼儿时期也是最受压抑的时期，是要转变为人的时期。在出生最初的几个月，我们要前所未有地压抑被禁止的冲动，并要在还对文明禁忌一无所知的情况下将之内化，这个过程时而轻松，时而痛苦，而我们在其中开始学习如何扮演人类的角色。您能否想象，埋藏在内心最深处的力比多吸附在我们周围的各种表象之上、在环境之中以及在世界之内？它吸附在母亲的乳房与嘴唇上，在天花板、衣服的线脚、挂起的玩具，甚至是从半开的门缝透出的灯光上……您能否想象，我们的一生都在寻找最初看到的形象，不论是面对白雪皑皑的山谷、面对优美的体态，还是面对某个我们特别喜爱的身体部位，其实我们都是在追寻着最初的形象与最初世界的痕迹？自然美让力比多的抒发更加直接，自然美能让我们轻易地联想起最初的形象，想起那些我们最初将力比多附着其上的形象，甚至都无须谈及升华。

尽管如此，这些由弗洛伊德的启发而来的进展的消极影响也可以在美中看到，更确切地说，能在升华中或是在排解人类恶的一面的方法中看到。理想情况下，对被压抑的冲动的升华确实能够使冲动回到它最初始的状态，同时还能弥补人类作为文明动物的缺憾……正是这一理想使弗洛伊德考虑将升华作为解决“文明的缺憾”的方法，然而在二十世纪三十年代，当他目睹仇恨、种族主义和反犹主义不断泛滥时，他的想法改变了。弗洛伊德并非圣人，他明白即使升华的积极意义确实存在，但它的效果也永远无法及时、瞬间地达成，因为“文明的缺憾”是结构性的，这将从根本上颠覆他的理论，颠覆他认为美是人类一切压力的灵丹妙药的想法。

其中，最简单的例子就是纳粹分子，纳粹分子里也有爱美之士，他们会在晚上听莫扎特和吕利，他们也会去听音乐会，在分享审美情感的过程中升华那被压抑的攻击性。但是，这并未阻止他们第二天早上醒来后滥杀无辜儿童，并未阻止攻击性的直接爆发。甚至，审美情感本身也可能是危险的，它可能会唤醒沉睡的攻击性，然后将之升华，或者直接爆发。所以我们一定要明晰“内在净化”的含义，虽然这一举动可能让我们之前的论断搁浅，但归根结底，美什么都解决不了。审美愉悦发生的那一刻也许是升华的那一刻，但也就只升华了那一刻，“文明的缺憾”依旧存在，我们也依旧是被要求压抑本性的文明动物。也许正因为短暂，审美愉悦才如此强烈，在那一刻，“文明的缺憾”暂停了，人类境遇的问题也暂停了。我们曾经说这一刻仿佛触到了永恒，只不过在时间上只是一瞬，而永恒并非不死，不死是永远存活，存在于永无尽头的时间当中，是无限的持续；而永恒追求的却是一个时间的出口。这就是为何审美愉悦有时似乎让我们触到了永恒的原因，因为在其中我们似乎找到了时间的出口，似乎超越了时间。永恒因而证明了美的一刻的强烈程度：它如此强烈，以至于这美的一刻不再处于时间之中。在生命的长河中，我们压抑着自己反社会的冲动，一步步变成了“文明”的人类，也一步步造就了内心的冲突。如果弗洛伊德说得有理，那么当美吸引我们时，如果我们有能力升华被压抑的冲动，有能力让已深埋于无意识中数十年的冲动得到满足，那么我们就能明白为何审美愉悦让我们感到了时间的出口，就能看到解决内在冲突的方向。虽然只是一种感觉，但已让我们好受许多……

马克会走进圣厄斯塔什教堂完全在他意料之外，马克就是我们那位街头猎艳高手的名字，他之前在街上试图搭讪一个女孩，他说了好话，但那女孩没搭理他，很快就走开了，马克就这样被晾在街上，戳在那儿显得有些可笑。几分钟后他又看上了另一个女孩，这次他没说什么，只是简单问：“不好意思，您愿意和我喝杯咖啡吗？”女孩回答说：“不了……我没有时间。”不过他们还是聊了几句，交换了几个微笑，她的声音中有些许温柔和好奇，她问他是否经常在街上搭讪，所以当她离开时他觉得她差点就会留给他电话号码了。脑子里想着这些，马克走进了教堂，虽然管风琴的声音相当响亮，唱诗班的声音非常空灵，而且还有个女孩在拉小提琴，但是最初他并没有听到音乐。他慢慢走到前面，选了条木质长凳坐下，管风琴的声音透出悲伤，唱诗班的声音更弱了，小提琴好像在诉说其他事情，他闭上了双眼。

这个以前总是带着身体冲动在街上伺机搭讪的人突然发现自己被提升了，投入到一种精神上的巨大激动中。这个总是花时间寻觅满足却一直不得的人，在停止寻觅的情况下，居然突然获得了满足，这也是美要告诉我们的事情：停止寻找之时就是我们找到之时。

尼采早在弗洛伊德提出升华理论的五十年前就已提到过审美愉悦，他将之称为“本能精神化”。马克坐在教堂里，他闭着眼睛，任由自己沉浸在音乐里，感受音乐带给他的愉悦，他并未听说过尼采的这句话：“人必须有内心的混乱，才能生出跳舞的星星。”但当教堂里的音乐停止时，他却依然闭着眼睛，他想再留住一会儿心里跳舞的星星，只要再一会儿就好。之后，他又回到了街上，走入了巴黎汹涌的人潮中。他跟在一个女人后面，那个女人步履匆匆，似乎心情也不好，但这一切并不妨碍她看上去非常性感，他几乎要小跑起来才能追上她，接下来就只剩搭讪了。你看，美拯救不了什么，美也解决不了什么。在《白痴》中，陀思妥耶夫斯基让梅诗金公爵说道：“美将拯救世界。”我们倒不如说：美只是让我们隐约看到了获救的可能，它只是让我们相信有一刻的拯救存在。无论圣厄斯塔什教堂的音乐激起了马克多么强烈的感受，这也仅仅是他生活中的小小插曲，或是一句插入语，但是，请允许我再说一次，在这小小的插曲中可能就隐藏着他真正的力量。正因为如此，我们才需要美，需要它在我们日复一日被安排、组织得井井有条的生活中加入这点小小的插曲。

那么，让我们再次回到这小小插曲的内容，再来看看马克在圣厄斯塔什教堂里感到的那种审美愉悦的状态。我们之前已经解读过升华的含义，但其中可能还有其他我们未曾提到的事。在圣厄斯塔什教堂，马克同时听到了管风琴、唱诗班和小提琴的声音，管风琴似乎诉说着某种危险的迫近，唱诗班保持着欢快有活力的音调，而小提琴的声音有力坚定，令人感动。这就像同时有三个声音在向他诉说，而三个声音彼此间又在相互诉说，也许正因为音乐能实现复调，所以它触动我们的方式才如此复杂，也正是这个原因，马克终于第一次感到了自己的所有都在被召唤，自己的一切都显现了。或许管风琴在对他内心悲伤、抒情的部分诉说，唱诗班在向他愉悦、阳光、充满活力的部分诉说，而小提琴又在对他的另一部分诉说？相比其他艺术形式，音乐之所以更能触及我们、感动我们，是因为在复调中，音乐有能力同时唤醒我们内心的各个部分——诸如悲伤与快乐、感官与理智、主动与消极、有意识与无意识等等，说不定音乐还能直接与我们的内心沟通呢！不论是绘画还是雕塑，它们都很难同时表达不同的景象，或是如此亲近地向我们内心的多个层面诉说，也正因为此，音乐比起其他艺术形式被赋予了更高级的权利……复调可以出现在莫扎特的协奏曲、滚石乐队的唱片中，也能出现在任何有和声的歌曲里，而在其余任何情况下，我们都不可能同时生活在内心的各个部分里。

不论是康德还是弗洛伊德的观点，我们都会发现审美愉悦能使我们内在的各部分间达成和解。但是，我在这儿的观点略有不同：我认为音乐的复调并未“调和”我们内在的各部分，而是同时成功地触及了各部分，虽然并未与自己和解，但我们却在自己的复杂性、歧义性，甚至在矛盾中被完全地唤醒了。以露西的儿子为例，他喜欢听“经典的”摇滚，比如滚石乐队、绿洲乐队或是鼓击乐团的歌曲，这类音乐经常会配备一个主唱、一组打击乐器、一把贝斯和两把吉他。我们可以想象，打击乐器唤醒了他和生活对抗的勇气，甚至是过激的勇气。而贝斯——声音柔和，旋律在不断的重复中有着激发人们的力量，在向他内心的另一个部分诉说，它恰好能弱化过激的勇气，让他能从更高的层面看待事物，从而理解生活的方式可以多种多样，理解了“条条大路通罗马”。在他身上，打击乐器唤醒了抗争的勇气，贝斯却唤醒了保持距离的智慧，而主唱的声线可能会唤醒他心中的另一个自己，让那个敏感的自己做好显现的准备，让受伤的自己变得更有信心。至于两把吉他，它们更多的是对内心那个装腔作势、唆使煽动或滥赌成性的自己诉说，希望他能心怀摇滚的优雅好好生活。简而言之，在露西的儿子心里存在着一个战士、一个圣人、一个极度敏感的人和一个装腔作势的人，而就在鼓击乐团一首三分四十秒的歌的时间里，虽然心中这些不同的部分并未和解，但它们却都同时被唤醒并且得到了许可。还有什么东西能给我们带来如此的影响？还有什么东西能在不简化的情况下就直达我们的模糊性？还有什么能在不削减的情况下就触及我们的复杂性？当然，爱情可以……但不是在三分四十秒之内！音乐的非凡之处就在于此，它只需几秒，甚至只要来点节奏，它就能让我们做回自己，做回那个多变、复杂甚至矛盾的自己。我们需要音乐的复调性，以此学习倾听内心的声音。

我们现在回到马克的故事，他当时和太太坐在海边，他本想拥抱她，却不小心给了她一记耳光。他心中有爱、有恨，当然还有其他部分，但当时却是爱与恨在同时诉说。海滩上发生的一幕让我们明白，我们的生命在被冲撞、被保护，我们的情感会痛苦、行为会缺失，但要同时表达这一切却是何等的困难。在圣厄斯塔什教堂，马克感到的那奇特的、深深的满足源于何处？这要归功于音乐的力量，是音乐让他心中的模棱两可终于不再是重负，甚至让他喜欢上或是学着去拥抱这模糊性。

同样，在车里听着米歇尔·贝吉和他的朋友丹尼尔·巴拉瓦纳共同演唱的《沉默的一分钟》，露西的感受又从何而来？这首歌几乎是米歇尔在独唱，只有零星的几段伴有丹尼尔的歌声，他的声音高亢嘹亮，每每有他的加入，歌声仿佛就又打开了一扇知觉的门，让露西的愉悦翻了倍。这种感觉在她听巴赫的钢琴四重奏时也会出现，每架钢琴都有自己的声音，它们甚至在彼此对话，每架钢琴仿佛都懂得找到自己的声音以唤醒她内心的一个部分，或是唤醒一个渴望。

音乐之美让我们得以进入自己内在的复调性这一观点终于与弗洛伊德的升华观点产生了些许距离。当然，弗洛伊德也将人类描绘成在为内在的多个声音所苦，认为声音之间在互相争斗，并且都希望征服对方：有意识的“自我”当然如此，而“本我”（潜意识中被压抑的冲动）与“超我”（良知或内在趋于理想的道德判断）同样也如此。但是，通过将升华定义为间接的满足或是对“本我”的冲动经由“超我”得到的提升，弗洛伊德定义了审美愉悦——即“本我”与“超我”奇迹般的内在和解。在审美情感中，复调性终止了，因为“本我”与“超我”终于出乎意料地达成了一致，终于能够“只发出一个声音”。也许，世上存在另一种看待事物的方式，我们是否可以认为审美愉悦允许“本我”与“超我”同时发声？这个想法已经相当不赖，但更重要的是，在二者并未达成和解的情况下，在它们依然保持对立的状况下，“本我”和“超我”依旧能同时发声。也许，我们终于能感觉到自己被允许保留了自我内在的多重性与分裂性。但是，虽然这种矛盾被审美愉悦接纳、包容，但这并不意味着矛盾会被解决或转移，矛盾还是存在，它依旧在我们心中，只不过它不再令人痛苦，而是陷入了一种奇怪的愉悦中。

在这种情况下，与其说审美愉悦带来了我内在性的转化，不如说它同时承认了内在的多重性与多样性。因此，如弗洛伊德所称，被毕加索的《格尔尼卡》吸引不再意味着能将我们从被压抑的攻击者转变为有道德、平和、精神上的审美者，美的吸引只是让我们突然感到被允许做回自己，既是具攻击性的，又是和平的；既有冲动，又有精神化。在圣厄斯塔什教堂，马克听音乐时那被提升的感觉也不再意味着他将恨转化成了爱，而是简单地被允许内心的恨与爱并存。正如我们之前所说，美什么都“解决”不了，但它拥有巨大的力量，让我们面对这“未解决”，也让我们爱上这“未解决”。美拯救了我们，从我们无力面对的事实中拯救了我们，让我们终于愿意承认有些事情就是“无法解决”的存在。

“美总是很奇怪”：美降临的一刻是因为我们以另一种方式倾听了某些奇怪的地方。奇怪，没错，多亏有美，我们内在的不同声音才终于都有了发言权……奇怪，没错，那始终被要求住嘴、被削弱，甚至被否认其存在的模糊性终于能够显现出来。社会生活要求简化人的个性，所以我们经常用职业符号认识彼此，经常会问：“你在做什么工作？”社会不断要求我们做出明确的选择，分清自己的位置，甚至连爱情有时都要求有所承诺，这显然与我们内心的秘密背道而驰。事实上，我们的生活从来都不明确，我们的内心都有着不为人知的一面，当我们听马勒的交响曲或电台司令的歌曲时，歌声唤起的正是那不明确与不为人知的一面；这也正是美唤醒的东西，不论美是什么，它都激起了我们内心暗暗的骚动。美是无尽的悖论，它明确指出我们对自己是多么不了解。美有时甚至会在给我们光明证据的同时又把我们推向更深的黑暗，而且我们甚至完全没有意识到美的这种双向作用。

现在，让我们重新回到科西嘉岛的海湾。海面上亦真亦幻的光点不断在闪耀，天空无边无界，一直延伸到远方。露西和丈夫坐在海滩上，他们把双脚伸进沙子里，感到很平静、很舒服。他们喜欢待在这里，因为在这儿能够真正感到他们是“在一起的”。在他们面前，闪耀的美无比明确，也毋庸置疑，但同时这种美也让他们苦恼不堪，因为他们对此一无所知：他们不知这美是为了什么，不知它来自何处，不知上帝是否存在，也不知为何美如此之美。是的，美很奇怪，它如此清晰，却又如此模糊……宗教绘画中经常会出现这种色彩，有时音乐的表达也会，比如卢·里德的《完美一天》或披头士乐队的《嘿，裘德》，它们的旋律虽然简单、清晰，但却让我们突然隐约看到了内心深处，突然带给我们深深的震撼。即便非常“清晰”，非常“简单”，美依旧开启了我们的阴暗面和复杂面，这也是为何报纸杂志等各种媒体都号召我们“做自己”或是找回自我“身份”的原因，因为他们也发现美存在诸多益处。但是，当存在多个我时，“我”到底是什么？当我借助美终于敞开自己，终于接受了自己内心的多个声音，终于能让它们表达与显现时，这个“我”还剩下什么？在我的生命中，有什么是像时间一样与自己一致的？这“身份”的核心力量又该栖身在何处？这就是美的另一个作用：它让我们睁开双眼，让我们不再迷惑于“自己”或“个人身份”的幻象，它从令人生厌的一致性中将我们拯救出来。我只需进入审美情感中，我的“自我”就会分裂得满地都是；我只需进入音乐之中，我就会发现“自我”有不止一个；我只需凝望着科西嘉岛的海湾，我就会对那个“自我”再也提不起任何兴趣。

因此，我们重新寻回了这个美妙的想法：审美情感让我回归自我的同时，也让我走出了自我。回归自我是认识到自我的多重性，而走出自我则是怀抱分享美的愿望走出自己的“身份”，因为如果这情感只属于我一个人，那么就无法分享，我们今后需要明确这一点。在美面前，在这个我默默希望能分享的美面前，在这似乎能让所有人目眩神迷的光芒下，我明确地感觉到身份其实什么都不是，我也感受到本质的东西是在别处。可以说，我明确地感到那最重要的部分最终从我眼皮底下逃脱了。

我们借助康德、黑格尔和弗洛伊德的理论试图抓住美的神秘之处，但事实上却依然有那么多问题没有答案。为何美的某些形式比其他形式更能触动我们？为何某些旋律能如此深地震撼我们，而另一些旋律虽然与它们极为类似，却对我们产生不了任何影响？它们到底依靠着什么？为何如此多的人无法将目光从詹姆斯·迪恩、马龙·白兰度、露易丝·鲁克斯或凯特·摩斯的身上移开？波洛克的滴画作品、梵高的《星月夜》或古埃及的狼头浮雕中，究竟是什么抓住了我们，吸引了我们？当我们想到康德的观点，认为自由即是面对美时的自由时，当我们理解了黑格尔的观点，认为美的力量中蕴含着生命的理念时，或是当我们用弗洛伊德的理论衡量我们的力比多面对美的强度时，我们其实已经在这条美的谜题之路上向前迈出了好几步，但幸运的是，我们还没走到底。而且，倘若走到底才会是最有趣的呢？

即便美的存在已明确地告诉我们有的事情就是

无法解释，但在习惯上，我们却还是无法忍受那“无法解释”，无法忍受爱人的离开，无法忍受事情在不明原因的情况下变得糟糕……但在美的经历中，我们却学着接受“无法解释”，学着拥抱“无法解释”，也学着爱上“无法解释”。那么，如果接受“无法解释”正是我们曾经的愿望呢？

第四章

拥抱神秘

这本书中最重要的部分是我在诺曼底的一家小旅馆里写成的，小旅馆就在瓦朗日维尔峡谷的悬崖边，那里经常下雨，但太阳也常常会突然冲破云层，露个脸。诺曼底的天空就是如此神奇，蓝色突然间刺穿灰色的天空，庄严神圣的阳光毫无预兆地出现，并且赶走了绵绵无尽的细雨。通常，我每天都会在太阳出来的时候去游泳，有一天雨下得很大，天也阴得厉害，似乎没什么放晴的可能，我在旅馆的露台上走来走去，看着下面的海水被雨点击打着、搅动着，老板娘看我这样来来回回，就毫不犹豫地对我说："去吧！"之后她又幽默地加了句："在这儿，每天可都有一次放晴的机会呢！"我听从她的建议回到房间，迅速穿上泳衣，把泳镜挂在脖子上就出发了。要想下水游泳，就必须先经过两个悬崖间的一条窄道。雨下得更大了，我下到那里时身体已完全被雨水打湿，这时再后悔已经太迟了，我脱掉衬衣，把它放在旁边一块较高的岩石上。当时已经退潮，所以我必须在雨里走很长的一段路，开始是一段潮湿的沙滩，之后有几百米要走在冰冷的海水浅滩里，最后才能到足够深的地方游泳。当时我觉得很冷，风刮得更厉害，我担心自己没有勇气跳进海里，但同时我也很开心，开心自己独自一人、不顾天气状况来到这里，而且周围都是白色的山崖。天空随着时间的推移变得越来越暗，有些地方甚至变成了黑色，雨水打在肩膀上甚至让我觉得有些疼，我想着康德、黑格尔、尼采，想着写作这种特别的工作，想着写作与游泳交替着带给我幸福，让我似乎能超脱于世界之外。我终于走到了足够深的地方，我戴上泳镜，潜到水里，躲开了冷风和大雨。在水里，我反而觉得温暖，海水保护了我，我用蛙泳姿势游了很长时间，不再担心雨下得大不大或者太阳有没有出来，我什么都不想，世界上只剩下了游泳的节奏，只剩下我的呼吸声。我不再感到冷，反而觉得很舒服，我游啊游，把头规律地伸出水面，规律地吸气吐气——这简单的重复带给我快乐，我已无所期待，变得非常平静。我游到了很远的地方才往回折返，虽然戴着泳镜，但我还是需要闭着眼睛向前游，过了一段时间，我的双脚再次踩上了沙滩，我摘下泳镜。突然，雨水夹着冰雹猛烈地打在我身上，但奇怪的是，这猛烈的雨水中竟然透出了一抹不知从何而来的阳光，我看到对面的山崖突然被照亮，显现出原来的白色，而周围的一切却依旧被黑暗笼罩着，在混沌的黑暗中，对面的山崖恰似被太阳选中，这一幕仿佛预示着新生和奇迹。不知为何，我对着天空张开了双臂，也就在这一刻，本书的结尾出现在了我的脑海里，之前我一直遍寻不得的观点，其实一直在我心中，只不过是我的理性还在抵抗着它的出现，这本书的结尾是：我们需要美，需要美让我们将神秘容纳于掌心。

通常情况下，神秘的东西会让我们感到害怕，我们总是害怕自己不懂的东西。但是美却给我们带来了有关神秘的美好体验，这也许才是美最重要的作用：让我们学会去爱上自己不懂的东西。

事实上，有太多东西我们都无法忍受自己不明白，比如他人的消极评价、失败的原因、爱人的冷漠、重复犯同一个错误，甚至是常用设备无法正常工作等等。也许我们本就有寻找原因的天性，我们希望自己什么都懂，什么都不需要解释。这就是当今主流的认知形态：由于神经系统科学的不断发展，人们经常将心理现象的秘密归结为一系列的物理化学作用；而在心理医生之中，最被广为接受的思想是行为心理学理论，即意图将人类的痛苦简单分为十几种“大的心理类型”。这种认知形态的主导性深深根植于西方思想的逻辑中，深深根植于几个世纪以来理性、科技与科学的不断发展中。但是，因为这种认知形态认为一切都可以解释，或者一切都将得到解释，所以它其实相当危险。我们应该小心这一认知继续发展下去会带来的不良影响——如果说希望懂得一切的欲望让人得到提升，那么理解一切的强迫症反而会带来下坠的风险，更糟的是，它还会把人与幸福隔绝开来。不论在外部世界还是在人类心里，我们灵魂深处总有一些东西在反抗着被解释，这也正是心理分析的意义，即帮助我们认真倾听那不可解释的部分。我们往往需要数年时间才能接受这不可解释，进而去倾听不可解释，但美却仅需要一秒，在一个产生审美情感的瞬间就能让我们懂得：世上存在着不可解释，我们也能爱上这不可解释。美能将我们从追求可解的热情与获得掌控的强迫症中解救出来。

那被阳光选中的山崖并未告诉我什么。我当时正在思考，思考我的书、美以及生活，突然，在茫茫黑暗中，一块岩壁却被太阳照得发白，仿佛是某种超自然的力量，美不做任何解释，但却升华了我们，虽然我们不明白原因，但我们却通过美的关系有所成长。对于一块被照得发白的岩壁，我们需要理解什么？其实什么都不用理解，它带给了我力量与希望，它让我找回了想象力的激情，就像米歇尔·贝吉歌里那前奏中的几个钢琴音符对露西产生了影响一样，即使歌声还未响起，它却已经让露西重新找回了对未来的信心。这是为什么？

“玫瑰没有原因”是十七世纪的神秘主义诗人安格鲁斯·西利西乌斯的回答。对于玫瑰的美，我们需要理解什么？对于蒙娜丽莎的微笑，我们需要理解什么？我们什么都不需要理解，或者说，我们要理解的一切从不会让美的神秘减少一分一毫。我们会说，玫瑰面向天空伸展枝芽是蕴含着上天的旨意，花蕾绽放的方式象征着生命无可替代的力量。我们会说，玫瑰花瓣的形态让它比其他花朵更美丽——这独一无二的形状让它看起来含羞带怯，它把自己包裹在花心之内，却又同时向外界展开自己。是的,我们会说出自己所有的理解,但之后呢?美的神秘依旧在那里。我们会说《蒙娜丽莎》画的是一个怀孕的女人，或是画了一个达·芬奇暗恋的男人，也可能是两者都有。之后呢？神秘依旧在那儿，美依旧在那儿。玫瑰的美也许不是没有原因，它的美已经超脱了原因。在审美体验中，我们通常抗拒或害怕的东西似乎反而带给了我们愉悦，诸如不可解释的、陌生的东西以及我们内心的模糊面与阴暗面，我们最有可能通过审美情感去对抗它们，因为我们在美之中学会了放下一点害怕、找到一点勇气，以便“真正地”面对它们。

美教会我们去爱那无法理解的东西，去“拥抱神秘”，更确切地说，美并非让我们去爱上无法理解，而是让我们理解到“事物的意义”这个问题并不存在，或者说不再存在。显然，当我们面对一朵玫瑰、一处风景，或是一首歌、一幅画、一座雕塑的美时，关于意义的问题并不是个好问题，美是纯粹的显现，它不包含任何意义，这也是为何它能为我们提供机会，让我们发现哪怕只有短短的一刻，我们的存在也是纯粹的显现，它让我们感到愉悦，感到仅仅单纯地存在就是愉悦。在美面前，不再有任何问题是好问题，我们实际上不再需要寻找真实、探问真实，而仅仅是简简单单地享受它即可。

那么，理解康德、黑格尔或弗洛伊德理论的真正用处是什么？难道他们没有对美“提出问题”吗？正如我们之前提到的，既然美让我们去面对了无法解决的东西，并且让我们爱上它，那么这实际上是要我以更明确的方式阐述本书的总体观点。康德、黑格尔和弗洛伊德难道不想解决美的未解之谜吗？当我们基于他们的理论做判断时，难道这不会迫使我们也试着解释那不可解释？难道我们不会因为这些思考而冒错失美的风险？

我不这样认为。甚至，我认为我们应当更努力地思考，应当超过我们现在能做到的程度，因为正是这种努力才让我们可能看到面前的神秘。美的本质很可能在别处，在我们所能解释的东西之外，在思想能解决的东西之外，是在剩下的那部分里，在未解决的那部分里。但是，我们依旧应该努力地试着解决思想能够触及的部分，以此来接近那“剩下的东西”。我们最终还是要从提问开始，从美的意义问题开始，这也许是欣赏美的未解之谜的最好方式。也许黑格尔对美的意义的侧面研究恰好让我们更强烈地感受到“剩下的东西”，那么意义是否会耗损美的程度？我们来看狮身人面像的例子，它的美显然承载着人类的想法，它让我们感到文化为挣脱自然的束缚做出了漫长的努力，在这点上很难不依据黑格尔的观点。但是，狮身人面像的美可能远比它的意义大，美的未解之谜其实是在“剩下的东西”中,美的神秘同时也藏在“怎么样”的秘密中：形式象征着意义，没错，但它是怎样做到的？地平线上光芒的闪耀向我们诉说了上帝的存在与否，没错，但它是怎样做到的？难道美没有对我们说些我们甚至无法言明的东西？难道它没有特别说些其他什么？米歇尔·贝吉的《沉默的一分钟》毫无疑问表达了某种“不在场者”，但当我们倾听米歇尔·贝吉美妙的歌词，为这表达失去珍爱之人及其无可挽回的歌词而遐想、感动之时，几秒过后，我们就被歌曲的美触动而不再想起“不在场者”的痛苦，不再想起任何东西，而是完全地享受、完全地沉浸其中，可以不在意歌词内容，撇开它的意义，超越它的意义，只是去倾听……

其实，即便去探问美的意义也不会影响我们欣赏美,影响我们将美当作纯粹的存在。对人类而言，即便是在美面前，我们也习惯于询问意义的问题，这很正常，我们甚至希望通过对意义的探问而终于能够面对美，面对美让我们抛开理智的时刻，让我们的世界里只剩下对美的凝望。对美的意义的探问似乎唤醒了我们身体的各个部分，也似乎终于让这挣脱了一切探问的束缚而变得自在的愉悦出现在了我们的凝视里。科西嘉岛波光粼粼的海湾让露西的脑海中产生了有关上帝的问题，但现在，她却什么都不再想，只是单纯地享受着那炫目的光点，只是凝视着无穷与无尽。面对海湾的美时，她最初也许问了自己一堆无解的问题，但她后来却开始享受问题的无解——这已经是美的第一个积极作用，之后，美会全然纯粹地显现，并保持着自己的神秘被接纳，在这个时刻，她不会再提任何问题，她只会默默地凝视着美。我们应当更多地提及欣赏宁静与无声的重要性，也应该更多地思考那些抵抗思考侵入的东西。

最终，也许神秘的美与黑格尔提出的作为“真的光芒”的美并不矛盾，归根结底，我们不知道美在对我们说些什么，但我们却感到它说的是真的，美是真的光芒——是真的神秘光芒。

我可以长时间驻足于皮埃尔·苏拉热的黑色多折画屏前，或久久注视着乔治·莫兰迪的静物画，我喜欢莫兰迪画中各式各样的形状，喜欢那失去光泽的色调、瓦罐以及长颈瓶，这些散落的物品就像世界的零件一样摆放在我们眼前。当然，这种形式的美有它的意义，它诉说着静物的故事，也怀抱某种对物体、对物质性以及对人与事物区别的思考，它甚至也在探问着各种生活方式的可能……但我对这种美的一切“思想”都可能最终让我欣赏到那“剩下的东西”：那纯粹的显现，在其中，我不再思考，只是凝望，在凝望美的显现时也让我看到自己的纯粹的显现。这是另一种看到“我们只有一次生命”的方式：面对乔治·莫兰迪的静物画或诺曼底的风景，我们思想的生命力将会滋养自己纯粹显现的能力。我们的思想、知觉以及身体的生命力不是割裂的，美的力量能让我们回归自己的生命力，回归到那充盈、多变、复杂，有时甚至阴暗的生命力中。

美包含意义并不意味着美的神秘得到了解答，康德的抱负也并非“解决”有关美的问题，他至多只是试着诚实地面对问题，并尽可能观察他能够观察到的，试着发现自然美在人类内心创造的一种奇怪的、不常有的和谐。即便康德成功地描述了我们主观性的这种“奇怪”状态，美却依旧留在自己的秘密中，但我们只需完全沉浸在美之中，再也不用去理解任何东西。也许正因为康德，美如今才比以往更吸引我们，即便我们现在更加理解美对我们做了什么，但我们却依然不明白美到底是什么。因此，这里的分析并未消除美的神秘，相反，美的神秘似乎离我们更远了。

至于弗洛伊德，他的分析似乎反而让我们对他避而不谈的东西越发地感兴趣。列昂纳多·达·芬奇通过创作《圣母子与圣安娜》升华了自己被压抑的性冲动，我们在欣赏这幅杰作的过程中也得以升华了自己的性冲动，简言之，美是让力比多得以释放的契机，这种说法是可能的，因此弗洛伊德得出结论，认为美是一种圈套。他认为比起美展现的东西，我们其实更对它所隐藏的东西感兴趣，这确实是天才的解读，但这一解读却也将众多根本性的问题留在了黑暗之中。美带给我们无意识的快感，它的本质到底是什么？它是否以这样或那样的方式与死类似？弗洛伊德看到，通过转移与升华，我们被压抑的冲动得到了满足，但我们一直为这种冲动究竟是什么大伤脑筋。尼采在弗洛伊德之前就已用到了“冲动”的概念，但他却只是做了个隐喻，也并未真正命名我们内心那难以捉摸的生命力。多亏弗洛伊德，我们发现了审美情感不是表面的，它触及了我们内在生命的深处，但他也并未更清楚地解释这深处究竟是什么。当然，弗洛伊德认为，美为了对我们掩盖某些东西所以向我们展示了另一些东西，这种想法有其道理，但美向我们展示了什么？美又对我们掩盖了什么？这些问题依旧没有答案。

我突然想到兰波的诗句，他在《地狱一季》的开头写道："晚上，我让美坐于膝上。我感到它的苦涩。我羞辱了它。"兰波想说什么？这被他羞辱的"苦涩"的美是什么？也许过于"可以解释"的美不会扰乱我们，也不会唤醒审美者心中颠覆的或无穷无尽的自由，可被解释的美是约定俗成的，是被社会认可的，它与各种标准、品味的规范或是某种意义保持着一致。"苦涩的"美是被缩减到它的意义中去的美，兰波羞辱的是失去了神秘的美，如果我们一直抱着康德、黑格尔或弗洛伊德的观点去解释美的本质或美对人类生活的影响，那我们很可能会陷入其中，很可能只会遇见“苦涩的”美。还好，他们的卓越理论主要的贡献是加深了美的未解之谜。

他们分别用不同的方式加深了美的神秘，但若把他们的理论联系起来，美的神秘将会变得更深，虽然可以以各种方式组合他们的理论，但任何一种理论都占不到上风。比如我们可以确定，当审美情感突然出现时，康德描述的平静或黑格尔所分析的与价值的关联将会掩盖弗洛伊德所说的我们内心深处无意识的快感。我们也可以断言，弗洛伊德提出的“力比多的升华”与黑格尔提出的“可感地进入意义中”会得出一个“结果”,即康德认为的“平静的感觉”。虽然我们体会到一种平静的感觉或一种力比多的满足，但我们与意义、价值的关联最先出现，正如黑格尔所说，这是因为我们首先遇到的是在可感形式下的一种意义。当然，我们可以反驳他们的分析，或是认为其中一人的理论超越了其他人的，但我们也可以认为他们的理论在根本上其实说的是同一件事，遇见的是同一种奇特的东西，他们虽然有的认为是“主体的内在和谐”，有的说是“感性的精神维度”，有的称之为“力比多的升华”，但其实指的都是同一种奇特的东西，是一种他们通过自己的研究不断靠近，最终却无法抓住的东西。

为了呼应诗的开头，兰波在《地狱一季》的后段写道：“我如今能向美致意了。”这是在他经历了漫长、激烈、痛苦的冒险与行进后才明白的事情，他应该学习，学着摆脱围困他、定义他或让他安心的事情，这样才能最终“向美致意”。当我在诺曼底冰冷的海水里，当我的眼睛离开被阳光照亮的岩壁，当我准备走回旅馆，兰波的这句话一直回荡在我耳边，也正是这句话带领我走到这本书的最后。学会向美致意，就是学会站在美的神秘面前却不去缩小或解释它，而是学会去接纳它。接纳更胜于凝视，因为你需要参与其中。

以上观点似乎能让我们超越本书最初提到的观点。当我们“判断”这是美的，那么相对于美的事物，我们依旧是站在它的外面，没有真正参与其中，也没有住在美里。然而，在最强烈的美的体验中，我们确实感到自己沉浸在对大自然的凝视、对巴赫协奏曲的倾听或对德莱叶电影《诺言》中神秘光线的欣赏里，比起“面对”美，我们更像是“在美之中”。因此，说“这真美”可能会有点太过冷漠，会无法表达美的体验中那透彻、深入的力量。我们需要保持安静，以便接纳美原本的样子，并真正地参与其中，正如弗朗索瓦·于连所说：“‘美’难道没有被过于低估？没有被过度改造，或与我们的距离过于遥远？当我在随性地发现世界，突然又反抗世界时,难道‘认为美’这种想法没有阻拦着我？”正如我们所见，审美情感或许能允许我们找回判断的自由——是我们，也只有我们自己在判断“这真美”，审美情感除了教会我们判断，更重要的是它教会我们住在这个世界里。这就是为何当任何音乐让我们感到美时，它就会变成我们生命的音乐，可以说，美吸引我们并非是要我们简单地“凝视”，而是如果我们真正爱美，那就要参与到美之中。美不是被“看”的，美是被生活的。欣赏油画，就要进入画框之中；看电影，就要成为电影主角，不可能在外部跟随情节的发展，也不可能仅仅做个旁观者；凝视美景，就要成为美景的一部分。这就是美的力量，是它让我们想起，我们能够居住在美里，居住在世界里。

对于美帮助我们居住在世界里这一观点，我们可以更具体地进行解释。马克坐在客厅里，听着雅克·布雷尔的《阿姆斯特丹》，说实话，他不只在听，他也在唱、在吼，他浑身是汗，边把双臂举过头顶，边想象着布雷尔所唱的景象，他完全沉浸在歌声中，与歌里的水手和妓女在一起，他是在阿姆斯特丹、在汉堡或在别处，但他同时又在客厅里，只是比几分钟前拥有的多得多。美将我们带往别处，它对我们诉说着别处，却也同时帮我们存在于原本的所在。它加强了我们在世上存在的同时也将我们带离了自己的所在。这也是当我们凝望风景时的感受。我们让自己遨游于幻想之中，崇山峻岭的美让我们的精神自在地翱翔，它邀请我们的精神去往别处，我们因而感到自己确确实实地存在，感到自己全然地居于这美景中，居于这世界里。我们已引用过程抱一的名言，他认为自然之美让我们获得了强烈的存在感，“唤回了一个丢失的天堂，也召唤了一个允诺的天堂”。这句话说得很明白，在对美的凝视中，我们一边被那别处的允诺天堂吸引，一边又加强了自己当时当下的存在。我们再次发现，存在的强化是经由不在的体验完成的，我们需要美，因为美让我们以这独特的方式居住于世界里，以存在又不在的方式居于世界，也许这存在又不在才是人类的特性，是它将人与其他只有存在的哺乳动物区分开来。

早在柏拉图的著作中我们就发现，他虽未界定美，但却在美中看到了真理的征兆，得出了相似的观点。在《会饮》中，他认为一个人的美，或是他身体比例的完美是处于最高级的理式的象征，其中闪烁着永恒的微光，那是在别处，在天上的理式中。因此当一个人凝望着爱人的身体时，他就得到了邀请，可以闭上眼睛飞往别处，飞向天上的理式，而同时，他也依然实实在在、充满渴望地存在于此处。可以说，他越在爱人的身体里看到通往美的理式之路，看到那存于上天永恒中的别处，他就越渴望爱人的身体，越存在于当下，越存在于此时此刻。这也是弗朗索瓦·于连的灵感所在，他写道：“一切从属于理式的事物中，只有美是深深根植于感性里……它显现多少，就遗落了多少，两者的程度是一样的。在这由美引起的矛盾里，柏拉图什么都没做，他仅仅抓住了兴许是人类的境遇的想法：当人类学到美时，人类就成为怀抱别处的存在……他们在这里，同时他们也在那里。美让他们看到了别处，所以他们无法再满足于此处；在那别处的沙沙声中，他们已然微微颤动。……我感到自己存于世界的程度与离开世界的程度同样深。”

人类就是身在此处的同时也会被别处吸引。因此，要想真正居于此处，我们就需要一扇通向别处的窗——这正是美的角色。美告诉我们，我们需要被呼唤，需要在呼唤中感受自己的存在；美也告诉我们，我们无法满足于自己的小小世界。这就是为何雅克·布雷尔的歌声能把马克带到阿姆斯特丹的同时也让他更深地存在于他的客厅中，存在于他的存在里的原因。我们也可以反过来看，当他去了别处，去了阿姆斯特丹时，他也离开了他的世界，因而削弱了他的存在，让一切都消逝在雅克·布雷尔的世界里。这也是弗朗索瓦·于连让我们思考的地方，前半句他说："美让他们看到了别处，所以他们无法再满足于此处……"但这句话并未结束，他接着说："在那别处的沙沙声中，他们已然微微颤动。"此时此刻，他们在此处微微颤动是得益于美确保了他们被别处吸引，就像当布雷尔在唱别处，并让马克想起阿姆斯特丹时，马克在此时、此刻、此地微微地颤动了。这就是人类居于世界的方式，是这不安分的动物"怀抱着他处"生活的方式。只有当美向我们提供隐约看到"别处"的机会时，我们才能真正地存在。因此，弗朗索瓦·于连得出结论："我感到自己存于世界的程度与离开世界的程度同样深。”

此外，在审美情感的深处，我们似乎离开了自己日常的世界而进入了艺术家的世界，但其实无论如何我们都只有一个世界！我们如果想“居于世界中”，我们就必须走出自己有限的环境，去和布雷尔住在阿姆斯特丹，和布巴住在迈阿密，和大卫·霍克尼住在好莱坞，和塞尚住在普罗旺斯，和加缪住在阿尔及利亚，或和让·热内住在布雷斯特。客观的世界并不存在，存在的只是许多被感知到的世界，而所有感知世界的纵横交错就构建出了这个世界。通过美而进入另一个被感知的世界能使我们丰富并充盈，同时，美也从习惯与思索中将我们的感性释放。尽可能与更多另外的感知世界相遇是唯一可能遇到这个世界的方法，也是唯一让自己居于其中的方式。审美情感是为了让我们的存在更充实、更完满，但这里还有一个新的含义：每次体验不同的艺术美都让我们带回新的世界观，让我们存在于一个更广大的世界中，也让我们真正存于世界，而非存于自己所处的环境中。也许这就是全部，是这个世界，是一切主观的视角、价值、观念的集合，也是一切艺术作品的描绘对象。

当然，还有最后一种方式能倾听到美的力量，让我们通过倾听加强自己在世上的存在，同时，也让我们在与美的游戏中倾听弗朗索瓦·于连的声音："我感到自己存于世界的程度与离开世界的程度同样深。"这种方式就是思考"回归"的时刻，即思考审美情感之旅结束的时刻。比如说，为何我们会对那家看过一部好电影的影院印象深刻？为何我们会对电影结束后街上的氛围印象深刻，或是对朋友间交流的想法印象深刻？也许这是因为审美情感将我们置于被强化的存在感中，它刺激着我们的官能，以至于虽然审美愉悦已经过去，但我们却依然留在被唤醒的状态中，并因为与美的相遇而变得更加生机勃勃。当我们引申弗朗索瓦·于连所说的“我感到自己存于世界的程度与离开世界的程度同样深”时，当我们深入到美之中，等我们再出来时，我们将会被唤醒、被治愈，并能够更强大地存在于世界里，仿佛当我们消失不在之后，这种不在的状态反而带给我们全新的存在。我们在世上的这种存在又不在的状态可以分解为两个时刻：一个是凝望时的不在，接着是加强后的存在。当沉浸在一本好书中时，我们也会产生类似的感受，我们还是会有点消失不在，但我们也会在周遭的事物中，在房间的摆设、周围人的态度、窗外树上的枝叶里察觉某些奇怪又清晰的东西，察觉某些之前从未出现过的东西。如果像于连所写的那样，我们是“内心怀抱着他处”的存在，那么我们就无须对纯粹、全然存在的不可能性表示惊讶，也无须惊讶于自己会需要一点点的消失不在，一点点对“他处”的召唤，以强化我们在世上的存在。

美与存在的强度之间存在着一种特殊的关系，但令人惊讶的是，世上对这一关系的描述却是少之又少。我们已经知道审美愉悦能让我们更强烈地存在于世上，但也许这里还有别的可能——如果世界本身也需要美让自己更强烈地“存在”呢？我们已经看到，光线的突然变化怎样使平庸的景色焕然一新，看到太阳的几束光线如何穿透云层，看到它如何带着上天的威严，如同一股暖流般喷涌而出，衬托出了蔚蓝的天空与青绿的海洋。难道这不是世界在让自己的“存在”更强烈吗？难道它不是在这耀眼的光辉中让自己一点点更强烈地存在着？我还想说，美难道不是在加强自己在世上存在的同时也加强着自己的神秘与奇特？所以，我们兴许得到了一个形而上学的公式：即世界越是美，它就越是神秘，它也越发“存在”。“失去了美，也就缺少了存在”，这是普罗提诺在公元三世纪写下的话。这种形而上学的观点当然不是这本书谈论的对象，我们在这里讨论的是美对我们的存在产生的影响、我们对美的需求，而不是世界本身如何需要美！但是，它们却互相关联：凝视那“增强了自身存在”的美景反过来难道不也在用相同的强度充盈着我们，这不正是我们称作“存于世上”的东西吗？阳光让风景焕然一新的力量不也给了我们对自我内在焕然一新的希望吗？

当然，这还不是全部，诞生于自然风景中的美显露出的自然本身的创造性，这不正是艺术家的灵感之源吗？这样我们就能理解亚里士多德关于艺术家模仿自然的著名论述，在他看来，模仿自然并不意味着重新复制我们看到的一切，这样没有意义，并且只会让艺术沦为技巧。模仿自然就是模仿大自然造物的方式，是在美中模仿自然因新的生命而颤动的方式，是在模仿不可模仿的伟大自然，或是模仿大自然作为造物者的神秘，这不愧是对艺术、对生命的美好定义。我们欣赏自然之美，就是在凝视大自然造物的伟大力量。我们欣赏人类的艺术杰作，就是在凝视艺术家从大自然中获得灵感后得到的表现方式。不论是何种情况，我们都需要美，需要美让我们接近生命的神秘，接近这纯粹的创造性的伟大力量。在美之中，凝视生命重新创造自己的方式，这也是在告诉我们，我们也可以重新创造自己。

普罗提诺所说的“美使存在更加强烈”也许能够最终阐明美与死亡的关系。许多诗人已经思考过二者的亲缘关系，已经在美中、在美的宁静中奇怪地看到了某些类似死亡秘密的神秘解释。维克多·雨果就曾写道：

死亡与美是两种深刻的东西
它们包含了如此多的黑暗与蔚蓝
以至于我们将之称为骇人又丰富的两姐妹
有着同样的谜题与秘密

既然美让我们想到死亡，或者审美愉悦让我们隐约看到了死亡，那么这似乎就与我们之前在书中捍卫的观点，即认为比起作为一种隐约看到死亡面孔的方式，审美愉悦更像在邀请人们去拥抱生命的运动有所冲突。但若如弗洛伊德所说，审美愉悦和人类“本我”与“超我”冲突的暂时终结相连，并且有益于人类的生活，那么这种愉悦实际上就让我们隐约看到了死亡：即我们内在一切冲突的最终终结。在这审美愉悦带来的宁静与和缓中，审美愉悦就像是死亡这一最终安宁的前兆。审美情感因而既是自我存在加强的一刻，也是死亡的预感与前兆来临的一刻。

但是，美谈论死亡时采用的完全是另一种方式。当美用全新的强度充盈我们与世界的存在时，它也给了我们对抗死亡的力量，或者起码让我们想起死亡时不至于害怕得那么厉害。让我们重回科西嘉岛的例子，那个时刻非常特殊：那是天黑前的最后一抹阳光，在黑暗让海湾变得平凡无奇前，这抹阳光在消失前似乎加倍地闪耀。露西明白美景带来的感受仅是昙花一现，她也知道目眩神迷的时光仅有一刻，她知道太阳终将落山，阳光终将消散，一切都会结束，知道这一刻的美与这抹阳光的美终将“结束”。但这些都不重要，她懂得美只有瞬间的道理，也许正是因为这种美是如此强烈所以美才无法持续。是美给了我们力量，让我们能够接纳一切皆有终点这个道理。到这里，我们似乎终于在审美体验中走近了我们平常唯恐避之不及的东西。

通常情况下，不论是对一段爱情、我们的人生还是对我们子女人生的终结，我们总是很难觉察到终结的可贵。当我们明知美很短暂，却依旧沉浸于凝视的愉悦中时，这意味着什么？也许我们是正在学着因为是什么而愉悦，正在学着明白我们珍视之物简单地存在着已是一种运气——这兴许能够帮助我们对抗失去后的焦虑与恐慌。在审美愉悦中，我们经常会说自己非常满足，自己“别无所求”，我们不会要求美永远持续下去。那光芒闪耀的海湾仿佛吞掉了一切杂音，让世界如此的宁静，甚至连海鸥都在安静地飞翔。不论这是什么，它都已足够大。这就是美要告诉我们的，即终点丝毫不会改变事情曾经的历程，发生过的事情永远都发生过。审美情感能帮我们以更广博的方式拥抱这一想法，让我们明白死亡永不会抹去曾经发生的痕迹。曾经的存在也许今后不会再出现，但我们已然学会了向它如今的样子挥手致意。当然，比起想到“海滩晚上美丽的灯光不再”，当想到“我的存在不再”或“我的子女不再存在”时，尤其是当这一切来得太突然时，这显然要令人难以接受得多。借用伊壁鸠鲁的话，幸福的秘密在于，在衡量它可能本不会存在后，能学着好好享受它现在的存在。这也是美教给我们的事情，之所以这么说是因为只要光线改变、画家技巧不好，或者我只是照常走路，那么美就会不再存在。这便是美在某种方式下走向了死亡，美仿佛会站在死亡面前对它说："你当然随时可以到来，但你却绝对抹不去我曾经存在的事实，'这点'起码会留下。"美传递着耀眼的存在的秘密，也给了我们与同样耀眼的死亡相抗争的力量。

这也正是露西和她的丈夫坐在科西嘉岛的海滩边感受到的事情：不论未来如何，起码"这一刻"存在过。他们不知彼此的爱情会走向何方，能否继续下去，但这一次，这些问题不再让他们尴尬，因为他们此时此刻是如此的相爱，以至于关于爱情意义的问题都不会被提出，也不会再被提出。也许他们的爱情有天会消失，但任何东西都无法抹去这份爱情曾经存在的事实，这个事实将永远存在。

让我们再次回到柏拉图的观点，他认为最初的美有教育意义，它教给我们某些本质的东西。在《会饮》中，柏拉图看到向善的教育，而我们看到的却是其他东西。美教会我们去拥抱从世界乃至自己本身所具有的神秘，美教会我们去爱事物现在的样子。那么如果美只是单纯地教我们去爱呢？

通常，占有欲会阻止我们正确地去爱。爱对方却不占有他，给对方爱却不强求对方回报以相同的爱，正确地表达“我很爱你”，这些都是情侣们会遇到的问题。在马克的某次心理咨询中，他终于明白自己对前妻有着多么强烈的占有欲，明白自己多想得到对方的爱，多想让自己感到宽心、安全，这也许才是他诱惑其他女人的真正原因。虽然这是个悖论，但在内心深处，他因为害怕妻子离他而去所以才不断寻找其他女人，通过验证自己的吸引力获得安慰。

但是，美不能被占有。谁会认为科西嘉岛的海湾，尤其是太阳落山时海面的美景是“属于他”的？露西永远不会认为巴赫的钢琴协奏曲是属于她的，不会认为这种美属于她且仅属于她。这是美的魔力，它如此亲昵地向我们诉说，我们却不会认为自己是美的拥有者。美，教会我们爱，教会我们不占有地爱。这也许是美每次召唤我们时让我们想起的东西：即真正的爱是不属于我们的爱，是逃离我们的爱，是保有自己的秘密的爱。我们希望（这是我们的天性）占有自己所爱的事物，就像丈夫若不将妻子当作私人的战利品就绝不会如此爱她一样。但我们买不到美，我们也占有不了美，这也许是某些艺术品创下破纪录高价背后的真正意义：蒙克的某版《呐喊》卖得一亿两千万美金，而稍早前贾科梅蒂的一座雕塑卖得一亿〇四百万美金……那么，如果这样的高价反而悖论般地证明了艺术无价、艺术的价值不可估量，或是表明美不属于任何人呢？这过分的高价其实透露出那些想要拥有无价之宝的人所做的努力，虽然，这种努力终将失败。呐喊依旧会消失在天空中，会被所有能听到它的耳朵听到，会被能看到它的眼睛看到。当然，不论是名画的拥有者还是我们其他人，一个不变的真理就是我们的天性中都有着占有欲，在弗洛伊德看来，占有欲甚至是我们受压抑的原始冲动中的一部分。但审美愉悦恰恰是对受压抑的原始冲动的升华，就像它能以非性的方式满足被压抑的性冲动一样，它也能在不占有任何事物的情况下，仅通过不带任何利害的凝视，就满足人们的占有欲。当我们感受到瓦朗日维尔山岩的壮美或蒙克的《呐喊》无处不在的撕裂之痛时，我们实际上已经知道这种美并不属于我们，但我们却依然爱它，我们爱它的程度甚至与它不属于我们的程度同样深。那么，如果像让-吕克·南希所写的那样“把爱献给了某些永远处于未知的事物”呢？这个问题是马克那天无意间走进圣厄斯塔什教堂时明白的，音乐响起时，他不再去理解，也不再寻求答案，虽然这音乐不是为他而奏，也并不属于他，但他还是疯狂地爱上了它，仿佛这即兴演奏的美让他看到了爱的真理。

美教会我们去爱却不占有，去爱却不试图理解。让我们向美致意，发自内心地向美致意，让我们模仿兰波的举动：美洗涤了我们的理性思考，净化了我们狭隘的理性主义，清除了我们企图掌控美的欲望。这是相对主义的时代，是美唤起了我们灵魂深处分享的愿望；这是个现实主义的时代，是美让我们想起奇迹真的存在；这也是个麻木的时代，但美依然存在，它到处存在，激励着我们，建议我们脱下嘲讽的外衣，换上欣赏的心情。美治愈了我们，锻炼了我们：它给了我们力量，去爱事物现在的样子，同时，它也给了我们力量去希望事物成为我们所愿的样子。美将我们还给世界，还给生活，还给自己，同时也还给其他东西——还给我们存于世界的力量。它给了我们如此之多，但它却要求得如此之少：它只希望我们睁开双眼，只希望我们静静地凝视。

那天，露西和丈夫去听了儿子的演奏会，每年的六月初，他的钢琴老师都会举办一场学生演奏会，并邀请学生的父母、朋友以及以前的学生参加。演奏会当天的气氛通常都很不错，人们可以听到爵士乐、古典乐、萨尔萨乐等等。学生从四岁到八十四岁不等，他们演奏时，其他人可以一边欣赏音乐一边喝桑塞尔白葡萄酒或是普罗旺斯玫瑰红葡萄酒。露西的儿子已经学了六年钢琴，他的即兴演奏很有天赋，今晚估计会压轴表演。但就在停车之前，露西和丈夫在车里吵了起来，伤人的话脱口而出，他们立刻觉得后悔，最后都沉默了下来。现在，他们手里拿着塑料杯站在演奏厅里，看着年纪较小的学生们聚在钢琴周围，心里想着自己的生活。虽然不知彼此在想什么，但他们的思路却很相似：先想到一个解决方法，后来发现其实没有实现的可能。露西幻想着有一刻能回到他们以前激情似火的年代，她想起雅克·布雷尔的歌："我们经常看到火花四溅 / 从我们本认为过于古老的死火山里喷薄而出。"但她接着告诉自己这不可能，当然不是绝对不行，但起码他们是绝不可能了，这种结论似乎更糟。同一时刻，她的丈夫在想象自己向老板辞职，之后就可以告诉露西这个好消息：他们终于可以出国旅游了。但他很快回到了现实中，他知道自己永远不可能做出这样的决定。在这段时间里，台上有个十五岁的女孩在演奏埃里克·萨蒂的《玄秘曲第一号》，但她弹得太快，似乎是想快点摆脱这次练习。站在露西丈夫旁边的男人就是马克，他来看妹妹的演奏，露西和丈夫并不认识他。马克心里也在想着事情，他想着到底已经多少年了？他其实并不想知道。这期间一切进展都微乎其微，不能说完全没有，但真的是微乎其微。他突然感到一阵疲惫，同露西一样，他也看到在通往幸福的路上竖着一道厚厚的墙。台上的女孩草草弹完了萨蒂的《玄秘曲第一号》，她本该起身离开，把钢琴留给接下来的学生，留给其他能被音乐感染的学生，但她没有，她继续坐在琴凳上，看了老师一眼，然后重新把双手放在了琴键上。她开始演奏另一首萨蒂的钢琴曲——《玄秘曲第三号》，这一次，她的低音和弦弹得更好，右手灵活地游走在高音区。她突然像变了个人似的，身体动作都突然变得优雅起来，她用她的心、她的手、她身体的每个部分全情地投入到表演之中。观众里位置较好的人还能看到她的脚在踏板间来来回回，用弱音踏板给音乐添加别样的效果，仿佛在琴下起舞一般。现在，一切都变了，埃里克·萨蒂来到了她身边，她的右手无比优雅地跳动于琴键之间，此时的《玄秘曲》充满了整个演奏厅，升腾了起来，流淌出忧伤的美丽，露西、她的丈夫和马克都沉浸其中，沉迷其中，这一刻，那堵墙似乎倒塌了：突然，一切都重新变得可能。

致谢

这本书的成书要归功于我主持的“周二哲学研讨会”以及参与其中的各位管理促进协会的公司主管们。

“美为何吸引我们？”是我在“周二哲学研讨会”中曾经讨论的问题，在那一期中，我感到了听众们的热情与需求，非常感谢当时的听众，感谢他们认真的参与和积极的提问。

在四年时间里，通过围绕“美与决定，决定之美”这一问题的讨论，我得以在每个月的会上遇见管理促进协会的管理者们，能够借机询问他们的做法、他们的价值观以及他们那个时代的想法。我也要感谢会议参与者们提供的新想法，抑或是反对的意见，尤其要感谢他们将自己的审美情感和体验与我分享。

同时，我还要感谢我的编辑安托万·卡洛，谢谢他高效的审稿工作，也谢谢他的热情以及对美敏锐的感触。

感谢让娜·帕拉尔，谢谢她对神秘的意义以及白色冲浪的探究引领我走向第四章以及最后的写作。

感谢菲利普·纳斯夫，谢谢他与我有关美学生活的交流，也谢谢他的敏感与智慧，以及对韵律的绝妙想法。

感谢纪尧姆·阿拉里，谢谢他与我在长达二十年的时间里对美、时髦、审美愉悦以及品味的讨论，是他让我在这二十年间不断地武装自己，并且希望有朝一日可以驳倒他。

最后，我还要谢谢我的孩子们——维多利亚、马塞尔和乔治娅，当他们读到这本书时，也许会想起我哄他们睡觉时经常讲的那个故事，那个关于两只小鸭子因水塘的美而争吵的故事……

图书在版编目（CIP）数据

论爱美 /（法）夏尔·佩潘著；唐铎译．-- 2版
．-- 海口：南海出版公司，2019.8
ISBN 978-7-5442-7692-4

Ⅰ．①论… Ⅱ．①夏… ②唐… Ⅲ．①散文集－法国
－现代 Ⅳ．①I565.65

中国版本图书馆CIP数据核字（2019）第085387号

论爱美
〔法〕夏尔·佩潘 著
唐铎 译

出　　版　南海出版公司　(0898)66568511
　　　　　海口市海秀中路51号星华大厦五楼　邮编 570206
发　　行　新经典发行有限公司
　　　　　电话(010)68423599　邮箱 editor@readinglife.com
经　　销　新华书店

责任编辑　侯晓琼
特邀编辑　聂　斌　汤　胜
装帧设计　韩　笑
内文制作　杨兴艳

印　　刷　山东鸿君杰文化发展有限公司
开　　本　787毫米×1092毫米　1/32
印　　张　7
字　　数　83千
版　　次　2015年12月第1版　2019年8月第2版
印　　次　2019年8月第3次印刷
书　　号　ISBN 978-7-5442-7692-4
定　　价　45.00元

著作权合同登记号　图字：30—2015—011